BIBLIOTHÈQUE DES DAMES

I

LE MÉRITE DES FEMMES

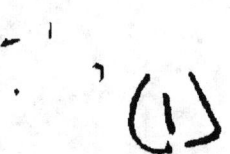

TIRAGE A PETIT NOMBRE

Il a été tiré en outre vingt exemplaires sur papier
de Chine (nᵒˢ 1 à 20) et vingt sur papier Whatman
(nᵒˢ 21 à 40), accompagnés d'une *triple épreuve* du
frontispice.

Le Mérite
des Femmes

Fournier del.   Imp A S. m.

LE MÉRITE
DES FEMMES

PAR G. LEGOUVE

SUIVI DES NOTES DE L'AUTEUR

AVEC UNE

PRÉFACE PAR E. LEGOUVE

De l'Académie française

ET DES EXTRAITS

DE SON HISTOIRE MORALE DES FEMMES

Frontispice gravé par Lalauze

IOV AVST

PARIS

LIBRAIRIE DES BIBLIOPHILES

Rue Saint-Honore 338

M DCCC LXXXI

NOTE DE L'ÉDITEUR

Sous le titre de *Bibliothèque des Dames*, nous commençons aujourd'hui une collection intime dans laquelle nous ferons entrer les ouvrages pour lesquels il nous semblera que les dames doivent avoir une prédilection particulière. On a très peu fait pour elles, jusqu'à présent, dans cet ordre d'idées, aussi avons-nous le ferme espoir que cette collection, entreprise tout à leur intention, composée avec le plus grand soin, et présentée sous la forme la plus élégante, ne trouvera d'indifférence chez aucune des aimables lectrices dont nous recherchons le suffrage.

Nous ne pouvions mieux débuter que par *le Mérite des femmes*, qui se présentait naturellement comme la préface de la collection. En publiant ce charmant poème, nous n'avons pas voulu le séparer des notes importantes dont l'auteur l'avait fait suivre, et qu'on a trop souvent négligées depuis. Ces notes, qui forment le complément de l'ouvrage, sont encore intéressantes en ce que l'auteur y a fait entrer des traductions en vers français de passages de Milton, de Lucrèce, d'Ovide et de Lucain, qu'on n'en a jamais tirées pour les joindre à ses œuvres poétiques.

M. Ernest Legouvé a bien voulu écrire pour cette nouvelle édition une notice dans laquelle il a donné, sur la vie de son père et sur les circonstances dans lesquelles a été écrit *le Mérite des femmes*, des renseignements que lui seul pouvait fournir. Il nous a aussi autorisé à compléter notre volume par des extraits de son *Histoire morale des femmes* publiée par la librairie Didier et dont le succès a été consacré par plusieurs éditions. Dans le choix de ces extraits, qui devaient à nos yeux être le fidèle commentaire du poème, nous nous sommes attaché uniquement aux passages où nous avons trouvé un éloge poétique de la femme, laissant de côté, malgré leur incontestable mérite, ceux qui touchaient à des questions sociales. Nous avons voulu que la prose de M. Ernest Legouvé, mise en harmonie avec le poème de Gabriel Legouvé, lui donnât à son tour comme un nouvel éclat, et que l'œuvre du père et celle du fils vinssent ainsi se prêter un mutuel appui.

Pour que rien ne manquât à notre publication, nous l'avons ornée d'un gracieux frontispice dû à la pointe élégante de M Lalauze. Nous attendons maintenant que l'accueil qui nous est réservé vienne nous apprendre jusqu'à quel point nous avons réussi dans notre intention d'offrir aux dames, pour inaugurer la bibliothèque qui leur est destinée, un bijou littéraire, artistique et typographique.

D. J.

NOTICE

SUR

G. LEGOUVÉ

NOTRE *famille est originaire de Saint-Étienne. L'amour des livres était chez les parents de mon père une profession et une passion. Ils passaient pour les premiers éditeurs-imprimeurs du Lyonnais.*

Ils envoyèrent leur fils à Paris, où il prit bientôt rang parmi les avocats distingués. Le journal de Barbier fait mention du jeune Legouvé, garçon d'esprit et de talent, dit-il, vif de caractère et de parole, qu' faillit se faire une fort mauvaise affaire au moment de l'attentat et du supplice de Damiens. « Voilà bien du bruit et des tortures pour un petit coup de canif! » dit-il dans une réunion de jeunes gens. Il fut arrêté, jeté en prison, et sans l'intervention du prince de Conti, qui l'aimait beaucoup, il eût couru risque de quelque grosse condamnation. Ce ton de raillerie et d'opposition vis-à-vis de la cour était le ton du jeune barreau d'alors. Mon grand-père poursuivit sa carrière dans cette voie libérale. Un procès célèbre le mit en pleine lumière. Les jésuites furent expulsés à la suite de leur procès avec les frères Lioncy. C'est mon grand-père qui plaidait pour les frères Lioncy. Depuis ce moment il passa pour l'égal de Gerbier par sa verve et son éclat de parole. Il ne gagnait pas moins de 80,000 francs par an, somme énorme pour ce temps-là, que je ne cite que comme témoignage de son succès. Il fut arrêté court dans sa carrière par une mort qui jeta la consternation dans le barreau. Il mourut subitement au milieu d'un plaidoyer, à l'âge de cinquante-deux ans. Les travaux de sa profession ne l'absorbaient pas tout entier. Il adorait la poésie et le théâtre. Il a écrit trois tragédies, qu'il fit représenter chez lui, à la campagne, devant un auditoire d'amis auquel se mêlaient quelques invités étrangers. L'un d'eux, pendant une représentation, se pencha vers son voisin et lui dit tout bas en lui désignant l'actrice principale : « Comprenez-vous, Monsieur, que l'on confie un personnage tragique à une petite personne aussi maniérée? — C'est ma femme, répondit le voisin. — Mille excuses, Monsieur, reprend l'étranger tout confus ; la faute n'en est pas à l'actrice, mais à ce qu'elle est chargée de dire. Cette pièce est si vide, si pauvre de style! — Elle est de moi, Monsieur, reprit mon grand-père, car il s'était mêlé aux spectateurs pour juger de l'effet. — Ma

foi, Monsieur, répondit son interlocuteur, c'est trop
difficile à arranger ! Je n'essayerai pas !... » Mon
grand-père rit beaucoup, lui tendit la main, et cette
anecdote est restée dans la famille comme un témoignage de l'aimable esprit de mon grand-père et de
son peu de talent tragique.

Quelle eût été sa joie, s'il eût vu vingt ans plus tard
son fils acclamé au théâtre avec LA MORT D'ABEL et
ÉPICHARIS ET NÉRON ! Il se fût consolé de ses insuccès
avec les triomphes de son fils. Il se serait dit avec
raison qu'il y était pour quelque chose. Les horti-
culteurs n'obtiennent pas une belle fleur nouvelle du
premier coup : c'est par une série de semis successifs,
de soins renouvelés, de perfectionnements gradués,
que M. Souchet, le célèbre créateur des glaïeuls en
France, est arrivé à produire toutes ces admirables
plantes qui s'appellent Meyerbeer, Rossini, Lamartine, Victor Hugo ! Chacune de ces belles fleurs est le
produit, le résumé de deux ou trois générations de
fleurs. Hé bien, il en est souvent de même dans l'é-
closion des grands artistes ; ils ne sont pas les seuls
auteurs de leur propre talent, ils en ont hérité le
germe. Mon grand-père a été comme le commencement de mon père ; mon père était mon grand-père
très réussi. Vers la fin de sa vie, celui-ci eut un désir
singulier, que je ne crains pas de mentionner
comme signe caractéristique de son temps.

Il voulut obtenir une charge au Parlement, et pour
y arriver plus facilement, il se crut habile en achetant

ce qu'on appelait alors une savonnette à vilain, c'est-à-dire le droit de s'appeler LEGOUVÉ DE PRÉFONTAINE. Ce droit lui coûta 60,000 francs ; malheureusement il s'y prit un peu tard pour avoir cette velléité d'ambition nobiliaire, car il acheta sa noblesse à la veille du jour où les titres furent abolis. J'ai encore entre les mains les titres de ce titre, j'aimerais mieux y avoir ce qu'ils ont coûté. Le seul vestige qui resta dans la famille de cet anoblissement d'un jour, c'est un changement de g en G. Mon père prit l'habitude d'écrire Legouvé en deux mots, avec une grande lettre au milieu : Le Gouvé ou LeGouvé. Je repris l'orthographe de nom de nos grands-parents les imprimeurs. Un journaliste de la Restauration, homme d'esprit et d'opinions fort royalistes, m'en fit reproche dans un article consacré à mon premier ouvrage ; j'allai le voir, je lui contai l'origine de cette particule nobiliaire, et il me pardonna de ne pas voir là une racine suffisante pour un arbre généalogique.

Mon père avait seize ans quand son père mourut. Le second mariage de sa mère porta grande atteinte à sa fortune, et il entra dans la vie avec une aisance modeste et un goût passionné pour la poésie. Sa première œuvre, LA MORT D'ABEL, fut presque un événement dramatique. Les grands succès de théâtre tiennent à la fois au mérite de l'œuvre et à son rapport avec l'esprit du temps. Les chefs-d'œuvre immortels ont été, au moment de leur apparition, des pièces de circonstance. On entrait dans la Terreur, *et la peinture du premier meurtre, du premier sang versé, mise en regard de l'échafaud devenu un instrument de règne, produisit un effet immense. Ce mérite d'à-propos n'était pas le seul de l'ouvrage. Les critiques surent gré à l'auteur d'avoir rompu avec la versification déclamatoire de l'école de Voltaire et de s'être retrempé aux sources de la grande poésie du XVIIᵉ siècle. La peinture énergique du caractère de Caïn, le grand monologue du deuxième acte qui ouvre par ce vers :*

Travailler et haïr, voilà donc mon partage ;

enfin, la scène du père et du fils au second acte, furent reconnus comme des beautés de premier ordre.

Le second ouvrage de mon père, ÉPICHARIS ET NÉRON, accrut encore sa réputation, et les circonstances y ajoutèrent un intérêt puissant. C'était au début de la lutte entre Danton et Robespierre. Danton donna rendez-vous à tous ses amis le jour de la première représentation au parterre et à l'orchestre. Robespierre occupait une des loges d'avant-scène des premières. Aussitôt qu'éclatait dans la pièce quelque vers contre la tyrannie, quand partit de la bouche d'Épicharis ce cri : « Mort au tyran ! » Danton se retourna vers ses amis massés autour de lui et derrière lui, et lança les applaudissements frénétiques qui accueillaient ce cri, vers la loge de Robespierre, comme autant d'imprécations. Robespierre, pâle,

*troublé, avançait et retirait tour à tour sa petite
mine d'homme d'affaires; ce mot m'a été dit par
un des témoins de la scène. Le succès de la pièce
alla jusqu'au triomphe. Le cinquième acte surtout
fut acclamé comme un chef-d'œuvre. Talma-Néron
entrait pieds nus dans un souterrain, poursuivi par
les cris lointains du peuple, voulant se tuer et ne l'o-
sant pas...*

> ... sur son sein qui recule,
> Essaye en tâtonnant un poignard ridicule.

*Ce vers est de Ducis. Le cinquième acte, qui n'est
qu'un monologue, produisit un effet immense. Mais, à
peine la représentation terminée, au milieu des bravos
universels, les amis de mon père lui dirent tous :
« Maintenant, mon cher ami, cachez-vous, Robespierre
ne vous pardonnera jamais l'ignominie dont il a été
couvert aujourd'hui; cachez-vous ou quittez Paris. »
Mon père se contenta de découcher deux nuits; on lui
fit dire qu'aucun danger ne le menaçait, attendu que,
s'il était poursuivi par Robespierre, il était soutenu
par Danton, encore tout-puissant, et il put jouir en
paix de son grand succès.*

*Il y a, dans la vie des artistes, des crises, des phases
de renouvellement. Un hasard, c'est-à-dire un de
ces hasards qui ne se trouvent que sur le chemin des
hommes de talent, lui ouvrit tout à coup une voie
nouvelle.*

*Il rencontra dans le monde une femme jeune, spi-
rituelle, libre (le divorce l'avait séparée de son mari,*

M. le docteur Sue), et dès la première rencontre ils se sentirent vivement attirés l'un vers l'autre. Ma mère, car c'était elle, frappée du caractère élevé et ému du talent de l'auteur de LA MORT D'ABEL, écrivit à une amie commune une lettre qui n'était certes pas seulement à l'intention de la destinataire et où elle exprimait en termes fort éloquents le regret que M. Legouvé n'appliquât pas son imagination à des sujets actuels. Est-ce cette lettre qui suscita chez mon père l'idée de changer de genre? Je ne sais, mais quelque temps après parut le poème du MÉRITE DES FEMMES. Je ne dirai rien qu'on ne sache en déclarant que le succès fut universel, puisque ce succès dure encore. A quoi tenait-il? Un grand nombre de poètes et de prosateurs avaient déjà traité ce sujet et y avaient réussi. Thomas, M. de Ségur, Vigée, Millevoye, avaient tout récemment encore chanté les femmes en vers et en prose. D'où vint donc ce retentissement d'admiration qui accueillit le poème de mon père? C'est qu'inspiré par toutes les marques de courage, de dévouement, de force de caractère, qu'avaient données les femmes pendant la Révolution, il abandonna le ton fade de la galanterie et prit son sujet par le côté sérieux et intime. La peinture des grands sentiments naturels lui ouvrit le cœur des mères, des sœurs, des filles, des épouses, et son poème se trouva résumé dans le dernier vers, devenu proverbe :

Tombe aux pieds de ce sexe à qui tu dois ta mère.

la faire jouer. La censure alors était souveraine, implacable, et d'autant plus sévère que sa sévérité était de la peur. Le maître n'aurait pas pardonné aux examinateurs de laisser passer, non pas une pièce, non pas une scène, non pas un vers, mais un mot qui portât atteinte au prestige impérial ! Or, comment demander et comment permettre l'éloge public et enthousiaste d'un roi et d'un Bourbon ? Heureusement pour mon père, ma mère était femme de grand esprit et de grande persévérance. Son salon était le rendez-vous de toutes les célébrités artistiques et politiques. Plus d'un ministre y venait comme ami. Ma mère organisa chez elle plusieurs lectures de LA MORT D'HENRI IV. Le sujet frappa, étonna et toucha. On parla partout de l'ouvrage, dans le monde, dans les théâtres, à la cour. On en raconta des scènes, on en cita des passages. Tout ce bruit arriva jusqu'aux oreilles de l'empereur ; c'était bien là-dessus que ma mère comptait, et un jour, au moment où ils se mettaient tous deux à table pour déjeuner, ils entendent dans la cour des pas de cheval et un bruit de grelots. C'était un courrier arrivant de Saint-Cloud. Il monte et il apporte à mon père une lettre du cabinet de l'empereur. « Ordre à M. Legouvé de venir le lendemain, à midi précis, lire sa tragédie à Saint-Cloud. » Mon père part le lendemain accompagné de Talma. Quoiqu'il fût un très habile lecteur lui-même, il pria le grand acteur de lire à sa place. Il voulait suivre plus sûrement l'effet de sa pièce sur le visage de l'empereur. L'im-

pression produite fut profonde. A ces vers dits par
Henri IV : « ... Je tremble, » l'empereur arrêta
Talma, se retourna vers mon père et lui dit : « Monsieur Legouvé il faut ôter ce mot-là ; un souverain
peut trembler, mais il ne doit jamais le dire. » A la
scène finale, au moment de la catastrophe, il répéta
plusieurs fois : « Pauvre homme ! pauvre homme ! »
Et la lecture achevée : « Monsieur Legouvé, lui dit-il,
votre pièce est touchante et vraie. Je vous prédis un
grand succès. » La prédiction de l'empereur s'accomplit.

Ma mère mourut peu de temps après, en 1809.
Sa perte porta à mon père un coup affreux. Une chute
qu'il fit quelques mois plus tard acheva d'ébranler son
organisation délicate et sensible, et une mélancolie profonde envahit et troubla les trois années où il survécut à
sa femme. Il avait quarante-huit ans quand il mourut,
le 30 août 1812. J'en avais cinq. Son nom et son spuvenir protégèrent mon enfance, ma jeunesse, et me firent
trouver partout des amis et des protecteurs. Même aujourd'hui, à plus de soixante ans de distance, je ne
puis penser sans émotion à l'expression de bienveillance
et de sympathie que je voyais paraître sur le visage de
tous ceux à qui on me présentait en disant : « C'est le
fils de Legouvé. » En 1829, je concourus pour le prix
de poésie à l'Académie ; quand on ouvrit le pli cacheté
qui contenait le nom du lauréat, ce fut, m'a dit un
témoin de cette scène, avec un véritable sentiment de
joie qu'on entendit le secrétaire perpétuel prononcer le
nom d'Ernest Legouvé.

*Une réserve que tout le monde comprendra me dé-
fend d'insister sur ces souvenirs personnels, mais je
crois pouvoir terminer convenablement cette courte
notice, où j'ai eu soin de ne rapporter que des faits,
par ces stances à mon père, que j'ai écrites à vingt
et un ans.*

MON PÈRE

Je n'avais pas cinq ans lorsque je le perdis :
On m'habilla de noir... La mère de ma mère
Me couvrit, en pleurant, de ces sombres habits ;
Et, sans l'interroger, moi, je la laissai faire,
Tout heureux d'étaler de nouveaux vêtements ;
Et mon corps seul porta le deuil sacré d'un père...
     Je n'avais pas cinq ans.

Mais parfois, au milieu des plaisirs de mon âge,
Je demandais : « Où donc est mon père ? en quel lieu ? »
Et l'on me répondait : « Votre père ?... Il voyage ; »
Ou bien encor : « Ton père est avec le bon Dieu ; »
Et, satisfait alors, sans vouloir davantage,
     Je retournais au jeu.

Cependant, une nuit, dans un rêve prospère,
Un homme jeune, avec un sourire d'ami,
Se pencha tendrement sur mon front endormi,
M'embrassa, prit ma main, et dit : « Je suis ton père. »
Nous causâmes longtemps, et lorsque le matin
M'éveilla de ce songe et si triste et si tendre,
J'étais trempé de pleurs... Je venais de comprendre
     L'affreux nom d'orphelin !

Orphelin ! qu'un seul mot peut cacher de tristesse !
Ah ! lorsque j'aperçois, en parcourant Paris,

Deux hommes, dont l'un jeune et l'autre en cheveux gris,
L'un sur l'autre appuyés, souriant d'allégresse
Et se parlant tous deux de cet air de tendresse
Qui dit à tous les yeux : « C'est un père et son fils... »
Des pleurs viennent troubler ma paupière obscurcie ;
Je les suis, les regarde... et je connais l'envie !

O fleur de l'âme, amour, tu brillas dans mon sein,
Tu parfumas le ciel de mes jeunes années,
Et je sais ce que c'est que vivre des journées
          Avec un serrement de main !
Je connais l'amitié, je connais tous les charmes
De répandre son cœur dans un doux entretien,
Et nul entre ses bras, avec plus douces larmes,
          Ne presse un ami qui revient !

J'eus, quand j'étais enfant, ma bonne vieille aïeule,
Dont le cœur, pour m'aimer, n'avait que dix-huit ans,
Et qui ne souriait qu'à ma tendresse seule
          Quand je baisais ses cheveux blancs.
J'ai des parents bien chers, une sœur bien-aimée ;
Mon enfance a trouvé des amis protecteurs
Qui m'ont toujours ôté l'épine envenimée,
          Pour ne me laisser que les fleurs.

Mais ni l'attachement, ni la reconnaissance,
Ni l'amour pur et vrai, ce grand consolateur,
Ni l'amitié, n'ont pu combler ce vide immense...
          Il reste une place en mon cœur !
Et jamais sur ma vie heureuse ou malheureuse
Le deuil ne s'étendit, le bonheur ne brilla,
Sans qu'une sourde voix, plaintive et douloureuse,
          Me dit : « Ton père n'est pas là ! »

Mon Dieu ! je l'aurais tant aimé, mon pauvre père !
Je sens si bien, aux pleurs qui coulent de mes yeux,
Que c'était mon destin, et que, sur cette terre,
          Son fils l'eût rendu bien heureux !
Je sens si bien, hélas ! quand son âme évoquée

Vient juger chaque soir de tout ce que je fis,
Qu'il eût été mon dieu, que ma vie est manquée,
        Que j'étais né pour être fils !

Et pas un souvenir de lui qui me console !
Je me souviens pourtant de plus loin que cinq ans,
Et pour plus d'un objet ridicule ou frivole
        J'ai mille souvenirs présents :
Je me rappelle bien mon jouet éphémère,
Le berceau de ma sœur, les meubles de satin,
Et le grand rideau jaune, et le lit de ma mère,
        Où je montais chaque matin.

Je me rappelle bien qu'après notre prière,
Ma mère me disait : « Vas embrasser ton père ; »
        Que j'y courais, tout faible encor ;
Qu'alors il me pressait vingt fois sur sa poitrine,
Puis m'ouvrait, en riant de ma joie enfantine,
        Un livre qui me semblait d'or.

Je me rappelle aussi sa voix grave et sonore...
Mais son front, mais ses yeux, mais ses traits que j'implore,
        Mais lui !... lui, mon rêve éternel !
Rien... toujours rien !... Le Ciel m'a ravi son image ;
Ah ! n'était-ce donc pas aussi mon héritage
        Que le souvenir paternel ?

C'est peu d'un tel regret... Ceux que je vois, que j'aime,
Parlent toujours de lui ; l'indifférent lui-même
        S'attendrit en le dépeignant :
Dans leurs cœurs trop heureux son souvenir abonde ;
Tout le monde l'a vu, le connaît... tout le monde,
        Hélas ! excepté son enfant.

Aussi de quelle ardeur j'interroge et j'appelle
Les témoins de sa vie... ou même de sa mort !
Comme j'écoute, accueille, embrasse avec transport
Un mot qui me le peint, un trait qui le révèle,
Et comme avec délice en mon âme fidèle
        J'enfouis mon trésor !

C'est surtout dans les cœurs, sur les bouches de femme,
        Que j'aime à retrouver son nom !
Leur âme comprend mieux mes regrets et son âme,
Et leur reconnaissance est son plus beau renom.
Aussi, quand j'aperçois, en racontant sa vie,
Une d'elles donner un signe de douleur,
Il me prend dans le cœur une secrète envie
De lui tendre la main, en lui disant : « Ma sœur ! »

C'est ainsi que toujours je vais avec courage,
Quêtant un souvenir ou brûlant ou glacé,
Pour me nourrir le cœur, me refaire un passé
        Et recomposer son image ;
Et puis, lorsque mon âme est pleine jusqu'au bord,
Que je la sens gonflée et riche de ces quêtes
Qui me semblent à moi comme autant de conquêtes
        Que je fais sur la mort,
Je vole au monument qui me garde ses restes !
L'œil morne, le front nu, j'arrive aux lieux funestes,
J'ouvre la grille noire, et sur le banc grossier,
A droite de la tombe, en face du rosier,
        Triste, je m'assieds en silence.
Là, je rêve, j'écris, je médite, je pense.

        L'esprit plein de ses vers touchants,
Je me prends à redire, à côté de sa cendre,
Les douloureux accords où son cœur triste et tendre
        Se répandit en plus doux chants.

Mais bientôt le soir vient et m'arrache à mon rêve !
Mon fantôme si doux s'envole... Je me lève,
        Je pars comme on part pour l'exil ;
Puis, après quelques pas, un moment je m'arrête,
Regarde encor sa tombe, et lui dis de la tête ·
        « Adieu, père... » Hélas ! m'entend-il ?

                              E. LEGOUVÉ.

LE MÉRITE DES FEMMES

A MA FEMME

Si j'ai peint d'un crayon fidèle
Les femmes, ce présent qu'à l'homme ont fait les cieux,
Vous m'avez servi de modèle.
Vous étiez toujours sous mes yeux.
Je voyais leurs talents, quand votre main habile,
Sous les plus brillantes couleurs,
Reproduisait l'émail des fleurs,
Ou courait mollement sur un clavier mobile ;
J'entendais leur esprit dans ces doux entretiens,
Où par des traits piquants vous inspiriez les miens ;
Mais je traçais surtout leur cœur d'après le vôtre.
Ces dons unis chez l'une et séparés chez l'autre,
Pour mieux me captiver, vous les rassemblez tous.
Heureux d'apprécier ce noble caractère,
Qui sans cesse vous rend plus aimable et plus chère,
Je regrette les temps que je passai sans vous ;

Je gémis que de ses années
L'homme jamais, hélas ! ne remonte le cours ;
Oui, je voudrais à tous vos jours
Avoir joint toutes mes journées.
Autrefois de l'Éden, de ce lieu de bonheur,
Sur la scène j'offris l'image :
Il était dans mes vers quand je fis cet ouvrage ;
Depuis que je vous aime il est tout dans mon cœur.

AVANT-PROPOS

Les femmes, chez tous les peuples, reçurent des hommages de la poésie et de l'éloquence. En Grèce, Plutarque composa la vie des femmes illustres, où il cite une foule de traits qui les honorent ; en France, plusieurs écrivains les présentent, dans leurs ouvrages, sous des couleurs avantageuses. Mais c'est en Italie qu'elles ont été jugées avec le plus d'enthousiasme. Un grand nombre de poètes et de prosateurs ont exalté leurs attraits et leurs vertus. Quelques-uns même leur ont donné la prééminence sur les hommes. Quoique je me plaise à soutenir la cause des femmes, je ne leur accorde point une supériorité que la nature semble leur avoir refusée ; je ne veux que leur conserver le rang qu'elles doivent occuper dans la société, en démontrant qu'elles en sont le charme, comme nous en sommes l'appui.

Les satires de Juvénal et de Boileau contre les femmes sont admirables sous le rapport de la poésie; sous celui de la vérité, ont-elles le même prix? Je ne le crois pas. J'ai tâché, en adoptant une opinion opposée à la leur, de l'emporter par l'impartialité, trop certain de rester inférieur par le talent. Juvénal et Boileau n'ont attaqué les femmes qu'en traçant leurs défauts ou leurs vices particuliers ; j'ai cru pouvoir les défendre en peignant leurs qualités générales. Je les présente comme belles, comme mères, comme amantes ou épouses, comme amies, comme consolatrices : n'ont-elles pas, presque toutes, ces avantages? Et n'ai-je pas été plus juste que les deux poètes qui les ont dépréciées, si j'ai dispensé aux femmes l'éloge que mérite le plus grand nombre, lorsqu'ils leur ont prodigué le blâme qui n'appartient qu'à quelques-unes ; si j'ai enfin raisonné d'après des généralités, tandis qu'ils n'ont raisonné que d'après des exceptions?

Quelle que soit envers elles l'aigreur de Juvénal, son siècle lui donne une apparence d'équité. Né sous le règne de Caligula, vivant sous plusieurs des douze empereurs, de ces monstres dont l'histoire est celle de l'humanité dans sa plus honteuse dégradation, il vit des dames romaines, aussi dégénérées que leurs époux, qui tremblaient aux pieds des maîtres les plus vils, se faire inscrire sans pudeur sur le registre des courtisanes, et quitter publiquement un hymen consulaire pour les embrassements d'un histrion ou d'un gladiateur. On conçoit qu'une âme généreuse ait été offensée du spectacle de tels excès : Juvénal le fut jusqu'à l'indignation. Sans doute on peut lui reprocher de l'exagération dans les pensées, de l'enflure dans le style ; mais, si sa véhémence est quelquefois outrée, elle est toujours éloquente, toujours vertueuse. Il paraît partout pénétré du désir de faire triompher les mœurs. Il a pu penser que, pour atteindre ce but, il fallait montrer les vices des femmes dans une sorte de nudité, il fallait les épouvanter elles-mêmes de l'image de leurs désordres ; et leur plus zélé partisan doit lui pardonner son animosité en faveur de ses intentions et de son génie.

Boileau, supérieur à Juvénal, n'a pas, comme lui, l'excuse de son siècle à donner. En effet, qui pouvait de son temps l'animer contre les femmes ? Était-ce leur société ? On sait que sous le règne de Louis XIV, où la nation prit un élan extraordinaire, l'amabilité des femmes fut portée aussi loin que le talent des hommes, et que les deux sexes, en développant, l'un tous les moyens de plaire, l'autre toutes les ressources du génie, concoururent également à faire de ce beau siècle une des époques les plus brillantes de nos annales. Étaient-ce leurs mœurs ? Sans doute elles ne furent pas toujours irréprochables ; mais l'exemple du souverain, qui mettait de la dignité jusque dans ses amours, le ton de sa cour, noble et réservé quoique voluptueux, celui de la bonne compagnie, qui se faisait un devoir de l'imiter, le frein d'un culte ennemi des passions, les principes d'une éducation soignée, tout invitait les femmes à couvrir leurs fautes de cette décence qui est presque la vertu : c'étaient des faiblesses, mais sans emportement ; c'étaient des erreurs, mais sans scandale ; et le sage ne pouvait en être blessé, puisqu'il n'y voyait que l'empire d'un sentiment avoué par la nature, et qui, dans son abandon même, lorsque les droits de la pudeur y sont ménagés, donne un nouveau prix à la sensibilité, et ajoute encore aux grâces.

Deux autres grands poètes modernes, Milton et Pope, ont, comme Boileau, déprimé les femmes en beaux vers dont le motif n'est pas plus facile à expliquer. Comment en effet Milton a-t-il pu les présenter sous des traits odieux, après s'être plu à peindre Ève sous des couleurs si séduisantes ? Comment Pope, qui a soutenu, dans son profond ESSAI SUR L'HOMME, que tout est bien, n'a-t-il pas craint de paraître s'élever contre son propre système en décriant un sexe qui n'est pas assurément l'ouvrage le moins intéressant du Créateur ? Une telle contradiction dans les écrits de tous ces détracteurs des femmes ne donne-t-elle pas le droit de se défier de leur arrêt, et de croire que, dans leurs diatribes poétiques, ils n'ont cherché qu'à faire briller leur talent, soit en rivalisant avec le satirique ancien, soit en avançant un paradoxe, toujours plus piquant à soutenir qu'une vérité ?

Plusieurs prosateurs célèbres ont aussi laissé

échapper sur *les femmes des réflexions malignes ; mais aucun n'a fait contre elles un ouvrage. Tous même, à l'exception de Montaigne, ont vanté plus souvent la finesse de leur esprit, la bonté de leur cœur, la constance et la magnanimité de leur amour pour leurs enfants ; et, d'après cette espèce de réparation, l'on ne doit voir dans leurs critiques qu'un caractère d'impartialité qui donne plus de poids à leurs éloges.*

Lorsque j'ai composé ce poème, je n'ai pas seulement eu dessein de rendre justice aux femmes ; j'ai encore voulu, en retraçant leurs avantages, ramener dans leur société un peuple valeureux que les secousses de la révolution ont accoutumé à s'en éloigner, et, par ce moyen, le rappeler à sa première urbanité, qu'il a presque perdue dans la lutte des partis. Avouons-le, les Français avaient les grâces d'Athènes, ils ont pris un peu de la rudesse de Sparte ; et l'exemple de ceux de nos parvenus dont l'esprit a été faiblement cultivé, l'influence de cette génération nouvelle dont la guerre a interrompu ou altéré l'éducation, peuvent augmenter de jour en jour ce changement dans la physionomie nationale. Quel obstacle opposer à ses progrès? Le commerce aimable des femmes. Elles polissent les manières ; elles donnent le sentiment des bienséances ; elles sont les vrais précepteurs du bon ton et du bon goût ; elles sauront nous rendre les grâces, l'affabilité, qui étaient un de nos traits distinctifs, et recréer, pour ainsi dire, cette nation que tant de troubles, de forfaits et de malheurs ont jetée hors de son caractère. Si les chefs de la Terreur les avaient mieux appréciées, ils auraient versé moins de sang : l'homme qui les chérit est rarement un barbare.

LE MÉRITE

DES FEMMES

POÈME

Le bouillant Juvénal, aveugle en sa colère,
Despréaux, moins fougueux, et non pas moins sévère,
Contre un sexe paré de vertus et d'attraits
Du carquois satirique ont épuisé les traits :
De ces grands écrivains je marche loin encore ;
Mais j'ose, défenseur d'un sexe que j'honore,
Opposant son empire à leur inimitié,
Célébrer des humains la plus belle moitié.

Lorsqu'un Dieu, du chaos où dormaient tous les mondes,
Eut appelé les cieux, et la terre, et les ondes,

2

Eut élevé les monts, étendu les guérets,
De leurs panaches verts ombragé les forêts,
Et dans l'homme, enfanté par un plus grand miracle,
Eut fait le spectateur de ce nouveau spectacle,
Pour son dernier ouvrage il créa la beauté.
On sent qu'à ce chef-d'œuvre il doit s'être arrêté.
Eh ! qu'aurait fait de mieux sa suprême puissance !
Ce front pur et céleste où rougit l'innocence,
Cette bouche, cet œil, qui séduisent les cœurs,
L'une par un sourire, et l'autre par des pleurs ;
Ces cheveux se jouant en boucles ondoyantes,
Ce sein voluptueux, ces formes attrayantes,
Ce tissu transparent, dont un sang vif et pur
Court nuancer l'albâtre en longs filets d'azur ;
Tout commande l'amour, même l'idolâtrie.
Aussi, ne lui donnant que le ciel pour patrie,
Des peuples généreux virent dans la beauté
Un emblème vivant de la Divinité.
Dans les sons de sa voix ou propice ou funeste
Les Celtes entendaient la volonté céleste,
Et, prêtant à la femme un pouvoir plus qu'humain,
Consacraient les objets qu'avait touchés sa main.
Un fanatisme aimable à leur âme enivrée
Disait : « La femme est dieu, puisqu'elle est adorée. »
Ce culte dure encore ; on voit encor les cieux
S'ouvrir, se déployer, se voiler dans ses yeux.

Même au sein du sérail, qui la tient enfermée
Comme un vase recèle une essence embaumée,
Esclave souveraine, elle fait chaque jour
Porter à son tyran les chaînes de l'amour;
Et sur nos bords, où, libre, elle peut sans alarmes
Décorer tous les lieux de l'éclat de ses charmes,
Soit que dans nos jardins, dans nos bois fréquentés,
Se promène au matin un essaim de beautés,
Soit que dans nos palais, quand la nuit recommence,
De belles à nos yeux s'étale un cercle immense,
Tous les cœurs attentifs ressentent leur pouvoir;
Même sans les entendre on jouit de les voir;
On goûte la douceur d'un trouble involontaire.
Mais ce sexe n'a-t-il qu'un seul moyen de plaire?
Amour du monde, il joint à des dehors brillants
Un charme encor plus sûr, le charme des talents.

Aux sons harmonieux d'une harpe docile
Chloris a marié sa voix pure et facile :
L'œil tantôt sur Chloris, tantôt sur l'instrument,
On savoure à longs traits ce double enchantement.
Ses accords ont cessé, son maître la remplace.
Il a plus de science; a-t-il autant de grâce?
Il enfante des sons plus pressés, plus hardis :
Mais offre-t-il ces bras par l'Amour arrondis,
Qui, s'étendant autour de la harpe savante,

L'enlacent mollement de leur chaîne vivante?
Offre-t-il la rougeur, le touchant embarras,
Qui d'un front virginal relèvent les appas?
Plaît-il enfin à l'œil comme il séduit l'oreille?
Un bal suit le concert; c'est une autre merveille.
Là, Lucinde, Églé, Laure, en leur premier printemps,
Couvertes d'or, de fleurs, de tissus éclatants,
De leur taille légère agitant l'élégance,
Semblent le lis pompeux que le zéphyr balance;
Et de leurs pas brillants le danseur même épris
Sent que Momus pour plaire a besoin de Cypris.
Que seraient sans Cypris les fêtes du théâtre?
Sans doute la beauté qu'Orosmane idolâtre,
Soupirant son amour, ses combats, ses malheurs,
Par le seul art des vers eût fait couler nos pleurs;
Mais, de ce rôle heureux quels que soient tous les charmes,
L'organe de Gaussin lui conquit plus de larmes.
Oui, Beaux-Arts, oui, la femme, employant vos secrets,
Même sans être vue, ajoute à vos attraits.
Des fleurs par Vallayer sur la toile jetées
On est prêt à cueillir les tiges imitées;
On croit voir respirer les portraits précieux
Où Le Brun immortelle attache tous les yeux.
Des Grâces dans leur touche on sent la main aimable;
Les Grâces ont dans tout ce charme inexprimable.
Lisons Riccoboni, La Fayette, Tencin :

De leurs romans l'Amour a tracé le dessin ;
Et dans Cécilia, Sénange et Théodore,
Dans ces tableaux récents, l'Amour est peintre encore.
Pour la femme, il est vrai, redoutant un travers,
Un poëte voulut lui défendre les vers.
Sans doute il ne faut pas qu'en un mâle délire
Elle fasse parler la trompette ou la lyre ;
Mais elle a su prouver que sous ses doigts légers
Soupire sans effort la flûte des bergers.
Est-ce un jeu de l'esprit qu'elle doit s'interdire ?
Peut-être on aime mieux quand on sait bien le dire.
Laissons-la donc, sans crainte, exercer à son tour
Un art qui peut tourner au profit de l'amour.

Graves censeurs du sexe, à vos regards sévères
Tous ces dons enchanteurs ne sont qu'imaginaires.
Ah ! si par ses talents il ne vous peut charmer,
Ses services du moins sauront vous désarmer.
Comment les méconnaître ? Avec notre existence
De la femme pour nous le dévouement commence.
C'est elle qui, neuf mois, dans ses flancs douloureux
Porte un fruit de l'hymen trop souvent malheureux,
Et, sur un lit cruel longtemps évanouie,
Mourante, le dépose aux portes de la vie.
C'est elle qui, vouée à cet être nouveau,
Lui prodigue les soins qu'attend l'homme au berceau.

Quels tendres soins! Dort-il, attentive, elle chasse
L'insecte dont le vol ou le bruit le menace :
Elle semble défendre au réveil d'approcher.
La nuit même d'un fils ne peut la détacher;
Son oreille de l'ombre écoute le silence;
Ou, si Morphée endort sa tendre vigilance,
Au moindre bruit rouvrant ses yeux appesantis,
Elle vole, inquiète, au berceau de son fils,
Dans le sommeil longtemps le contemple immobile,
Et rentre dans sa couche, à peine encor tranquille.
S'éveille-t-il, son sein, à l'instant présenté,
Dans les flots d'un lait pur lui verse la santé.
Qu'importe la fatigue à sa tendresse extrême?
Elle vit dans son fils, et non plus dans soi-même,
Et se montre, aux regards d'un époux éperdu,
Belle de son enfant à son sein suspendu.
Oui, ce fruit de l'hymen, ce trésor d'une mère,
Même à ses propres yeux, est sa beauté première.
Voyez la jeune Isaure, éclatante d'attraits :
Sur un enfant chéri, l'image de ses traits,
Fond soudain ce fléau qui, prolongeant sa rage,
Grave au front des humains un éternel outrage.
D'un mal contagieux tout fuit épouvanté;
Isaure sans effroi brave un air infecté.
Près de ce fils mourant elle veille assidue.
Mais le poison s'étend et menace sa vue :

Il faut, pour écarter un péril trop certain,
Qu'une bouche fidèle aspire le venin.
Une mère ose tout, Isaure est déjà prête ;
Ses charmes, son époux, ses jours, rien ne l'arrête ;
D'une lèvre obstinée elle presse ces yeux
Que ferme un voile impur à la clarté des cieux,
Et d'un fils, par degrés, dégageant la paupière,
Une seconde fois lui donne la lumière.
Un père a-t-il pour nous de si généreux soins ?

Bientôt d'autres bontés suivent d'autres besoins.
L'enfant, de jour en jour, avance dans la vie ;
Et, comme les aiglons qui, cédant à l'envie
De mesurer les cieux, dans leur premier essor,
Exercent près du nid leur aile faible encor,
Doucement soutenu sur ses mains chancelantes,
Il commence l'essai de ses forces naissantes.
Sa mère est près de lui : c'est elle dont le bras
Dans leur débile effort aide ses premiers pas ;
Elle suit la lenteur de sa marche timide ;
Elle fut sa nourrice, elle devient son guide.
Elle devient son maître, au moment où sa voix
Bégaye à peine un nom qu'il entendit cent fois :
MA MÈRE est le premier qu'elle l'enseigne à dire.
Elle est son maître encor dès qu'il s'essaye à lire ;
Elle épelle avec lui dans un court entretien,

Et redevient enfant pour instruire le sien.
D'autres guident bientôt sa faible intelligence,
Leur dureté punit sa moindre négligence :
Quelle est l'âme où son cœur épanche ses tourments?
Quel appui cherche-t-il contre les châtiments?
Sa mère! Elle lui prête une sûre défense,
Calme ses maux légers, grands chagrins de l'enfance,
Et, sensible à ses pleurs, prompte à les essuyer,
Lui donne les hochets qui les font oublier.
Le rire dans l'enfance est toujours près des larmes.

Tu fuis, saison paisible, âge rempli de charmes,
Pour faire place au temps où l'homme chaque jour
Sort du sommeil des sens et s'éveille à l'amour.
Déjà son front se peint d'une rougeur timide :
Dans son regard plus vif brille une flamme humide ;
Son cœur s'enfle et gémit; de ses soupirs troublé,
Tout son sein se soulève et retombe accablé;
Dans ses veines en feu son sang se précipite;
Son sommeil le fatigue, et son réveil l'agite;
Il s'élance inquiet, avide, impétueux;
Il promène au hasard ses vœux tumultueux;
Il poursuit, il appelle un bonheur qu'il ignore :
De qui l'obtiendra-t-il? C'est d'une femme encore !
Une femme, en secret lui rendant ses soupirs,
Rêveuse, s'abandonne à ses vagues désirs.

O première faveur d'une première amante!
Dès que, sur l'incarnat d'une bouche charmante,
Il a bu des baisers le nectar inconnu,
Dès qu'un nouveau succès, par degrés obtenu,
L'a conduit, dans les bras de sa belle maîtresse,
De surprise en surprise au comble de l'ivresse,
Il se croit transporté dans un autre univers
Où la terre s'éclipse, où les cieux sont ouverts :
Il ne se connaît plus, il palpite, il soupire;
Il se sent étonné du charme qu'il respire;
L'ivresse de ses sens a passé dans son cœur,
Il nage dans un air tout chargé de bonheur.
Sa maîtresse! oh! combien son regard la dévore!
Il la voit comme un dieu que sans cesse il adore :
Son cœur brûlait hier, son cœur brûle aujourd'hui;
Il ne sait s'il existe ou dans elle ou dans lui.
Paraissent-ils ensemble au milieu d'une fête,
Son œil préoccupé ne suit que sa conquête.
Vient-il chercher, sans elle, au lever d'un beau jour,
Le doux exil des champs, lieu plus cher à l'amour;
Chaque objet la lui rend : l'éclat des dons de Flore,
C'est l'éclat de ce teint que la pudeur colore;
L'azur du firmament par l'aurore éclairé,
C'est l'azur des beaux yeux dont il est enivré;
Le rayon du matin, c'est la douce lumière
Qui luit si tendrement sous leur longue paupière;

Le murmure flatteur des limpides ruisseaux,
Le souffle des zéphyrs, le concert des oiseaux,
C'est le son de la voix qui répond à son âme :
Tout l'univers enfin l'entretient de sa flamme.
Pour lui plus de langueurs, plus de maux, plus d'ennuis,
L'amour remplit, enchante et ses jours et ses nuits:
Il n'a qu'un seul objet qui l'occupe et l'embrase;
Et son heureuse vie est une longue extase.

Un tel sort n'appartient qu'aux cœurs vraiment épris.
L'homme, hélas! trop souvent en méconnait le prix;
Il cède à l'inconstance, et, semblable à l'abeille
Qui, cherchant des jardins l'odorante corbeille,
Dans son vol passager, des plus brillantes fleurs
Pompe légèrement le suc et les couleurs,
Il court de belle en belle, et ses ardeurs errantes
Lui livrent tour à tour vingt grâces différentes.
Mais ce bonheur changeant, vaine félicité,
Peut séduire ses sens, plaire à sa vanité;
Son âme, bientôt lasse, en connaît tout le vide :
Il demande à l'hymen un lien plus solide;
Il choisit une épouse, et redevient heureux.
Ce temple orné pour lui de festons et de feux,
Ces amis unissant leur présence et leur joie
A la solennité que ce jour lui déploie,
Cette vierge qui vient en face des autels

Se soumettre à ses lois par des nœuds immortels,
Et, belle de candeur, de grâce et de jeunesse,
Lui donne de l'aimer la publique promesse ;
Cette religion dont le pouvoir pieux
Grave de son bonheur le serment dans les cieux,
Ces parents attendris dont la main révérée
Lui remet de son nom leur fille décorée,
Et cette nuit heureuse où, dans sa chaste ardeur,
D'une épouse ingénue étonnant la pudeur,
Il entend s'échapper d'un modeste silence
Ce premier cri d'amour surpris à l'innocence ;
Tout renouvelle ensemble et son âme et ses sens.
De jour en jour livrée à ses feux renaissants,
Si des transports fougueux que le bel âge inspire
Elle ne lui fait pas retrouver tout l'empire,
Elle donne sans cesse à son cœur satisfait
Un penchant plus durable, un bonheur plus parfait ;
Elle fixe chez lui la douce confiance,
La tendresse et la paix, vrais biens de l'existence,
Tempère ses chagrins, ajoute à ses plaisirs,
Soulage ses travaux et remplit ses loisirs.
Oui, des plus durs exploits où l'homme se prodigue
Elle sait à ses yeux adoucir la fatigue :
Artisan, souffre-t-il, par le travail lassé,
Il revoit sa compagne, et sa peine a cessé.
Ministre, languit-il dans son pouvoir suprême,

Au sein de son épouse il vient se fuir lui-même.
Il y vient oublier l'ennui, le noir soupçon,
Qui mêlent aux grandeurs leur dévorant poison,
Et, distrait de l'orgueil par l'amour qui l'appelle,
Du poids de ses honneurs il respire auprès d'elle.
Elle est dans tous les temps son soutien le plus doux.

Un fils lui doit le jour! O trop heureux époux!
Quel trésor pour ton âme! Avec quel charme extrême
Tu te sens caresser par un autre toi-même!
Tu presses sur ton cœur ce gage précieux,
Tu recherches tes traits dans ses traits gracieux!
Tu compares surtout et l'enfant et la mère;
S'il t'offre son portrait, il te la rend plus chère.
Comme ton œil ému, dès qu'il sort de tes bras,
De tous ses mouvements suit l'aimable embarras,
Et voit avec ivresse en ta maison bruyante
Jouer, courir, grandir ton image vivante!
Comme dans ses penchants qu'il t'offre sans détour
Tu démêles déjà ce qu'il doit être un jour,
Et te plais, de son âge oubliant la faiblesse,
A pressentir dans lui l'honneur de ta vieillesse!
Et si l'hymen, donnant une sœur à ton fils,
De ton cœur paternel double les droits chéris,
Dans quel enchantement tu vois près de sa mère
Cette enfant rechercher d'autres jeux que son frère,

Chaque jour se former par tes soins vigilants,
Croître en esprit, en mœurs, en attraits, en talents,
Et d'un vertueux sexe, en ses regards pudiques,
Promettre la sagesse et la grâce angéliques !
Tu dois à ton épouse un destin si flatteur.

Il est, comme ces nœuds, un lien enchanteur :
C'est la pure amitié. Tendre sans jalousie,
Des hommes qu'elle enchaîne elle charme la vie ;
Mais auprès d'une femme elle a plus de douceur :
C'est alors que d'Amour elle est vraiment la sœur.
C'est alors qu'on obtient ces soins, ces préférences,
Ces égards délicats, ces tendres complaisances,
Que les hommes entre eux n'ont jamais qu'à demi :
On a moins qu'une amante, on a plus qu'un ami.
Est-il quelques projets que votre esprit enfante ;
Vous aimez qu'une femme en soit la confidente.
Elle pèse avec vous, dans un commerce heureux,
Ce qu'ils ont de certain, ce qu'ils ont de douteux.
Êtes-vous tourmenté d'une peine profonde ;
C'est un charme à vos maux qu'une femme y réponde.
Elle prend mieux le ton qui calme les douleurs ;
Son œil aux pleurs d'autrui sait mieux rendre des pleurs,
Et son cœur, que jamais l'égoïsme n'isole,
Dit mieux au malheureux le mot qui le console.
Bon La Fontaine, ô toi qui chantas l'amitié,

Avec La Sablière ainsi tu fus lié,
Prolongeant, sans amour, des entretiens aimables,
Elle écoutait ton cœur, tes chagrins, et tes fables;
Au fond de ta pensée allait chercher tes vœux,
Sauvait tout soin pénible à tes goûts paresseux,
Et, chassant de tes jours les plus légers nuages,
Te donnait un bonheur pur comme tes ouvrages.
Tels sont d'un sexe aimé les différents bienfaits.

Mais, s'il mène aux plaisirs, il invite aux succès.
Notre gloire est souvent l'ouvrage d'un sourire.
Quel homme, pour charmer la beauté qui l'inspire
Se livrant aux travaux qu'un regard doit payer,
S'il possède un talent, ne souhaite un laurier?
Ce désir est surtout l'aiguillon du poëte.
Sitôt que l'amour parle à son âme inquiète,
Dévorant nuit et jour les écrivains fameux,
Il ne respire plus qu'il ne soit grand comme eux.
Dans ce cirque imposant où règne Melpomène,
Il soumet un ouvrage aux juges qu'elle amène :
Quelle chaleur, quel choc de sentiments divers!
Le feu qui le consume a passé dans ses vers.
Dans les scènes, surtout, où l'action pressante
Peint les feux d'un amant, les douleurs d'une amante,
Chaque vers est empreint de ce style enflammé
Que cherchent vainement ceux qui n'ont point aimé.

Du trouble le plus doux il fait goûter les charmes;
On l'applaudit du cœur, de la voix, et des larmes;
Il triomphe, et s'écrie en son transport brûlant :
« O femmes! c'est à vous que je dois mon talent. »
Ce jeune homme rampait dans un repos vulgaire;
D'où vient que maintenant il appelle la guerre?
C'est qu'aux yeux de l'objet dont son cœur est épris,
Si Mars le rend fameux, il aura plus de prix.
Par les femmes toujours la valeur fut chérie.
Vous le prouvez, ô temps de la chevalerie!
Dans cet âge célèbre où régnait la beauté,
Quand partait des combats le signal redouté,
La maîtresse d'un preux, excitant sa vaillance,
Lui donnait fièrement et son casque et sa lance,
Attachait son armure, où, d'un travail heureux,
Elle avait enlacé leurs chiffres amoureux.
Souvent il recevait d'une amante intrépide
Un voile pour écharpe, un portrait pour égide.
Fier de ces ornements, par une femme armé,
Il combattait, de gloire encor plus affamé;
Vingt drapeaux étaient pris, vingt cohortes domptées :
On eût dit qu'il portait des armes enchantées!
Triomphant, au retour quel était son bonheur!
L'avouant pour amant, d'accord avec l'honneur,
Dans la solennité d'une superbe fête,
Elle seule plaçait le laurier sur sa tête;

Et ce prix, dans son cœur tendre et fier tour à tour,
L'un par l'autre augmentait la vaillance et l'amour.
Oh ! dans nos jours guerriers, pourquoi ce noble usage,
Qui sut de nos aïeux enflammer le courage,
N'a-t-il pas, s'alliant à notre essor nouveau,
De notre république embelli le berceau ?
Sans ce doux aiguillon nous fûmes indomptables ;
Mais serions-nous moins grands si nous restions aimables ?
Dignes de notre nom, soyons toujours Français.
Je veux voir, dans l'éclat de nos divers succès,
Des vierges, ornements de nos fêtes publiques,
Présenter aux guerriers les palmes héroïques.
C'est ainsi que les Grecs, modèles des humains,
Couronnaient un vainqueur par les plus belles mains,
Et, donnant cet attrait aux faveurs de la gloire,
De plus nombreux exploits remplissaient leur histoire.
Rappelons ces honneurs tels qu'ils les ont connus :
Il faut que Mars toujours soit l'amant de Vénus,
Et que, par leur accord, notre vaillante audace
Offre un brillant mélange et de force et de grâce.
Qui mieux que la beauté peut armer la valeur ?
Elle-même de Mars sent la noble chaleur.
N'a-t-on pas vu jadis une femme grand homme
S'opposer dans Palmyre aux ravages de Rome ;
Une autre, vers l'Euphrate enchaîné sous sa loi,
Combattre en conquérant et gouverner en roi ?

Que dis-je? Le laurier n'appartient-il qu'aux reines?
Non; mille autres encor, sans être souveraines,
Osèrent dans un camp, généraux ou soldats,
Presser d'un dur airain leurs membres délicats,
Couvrir d'un casque affreux une tête charmante,
De leurs débiles mains prendre une arme pesante,
Et, cherchant les périls, exposèrent aux coups
Ces attraits destinés à des combats plus doux :
Noble effort, où, comptant sur une double gloire,
Leur bras, comme leurs yeux, leur donnait la victoire.
Fière Télesilla, j'atteste tes exploits.
J'atteste ta valeur qui défendit nos lois,
Jeanne d'Arc : Orléans tremblait pour ses murailles;
Tout à coup, du hameau t'élançant aux batailles,
Tu parais; le soldat, à son honneur rendu,
Croit voir l'ange de Dieu dans ses rangs descendu.
Tu combats : l'Anglais perd sa superbe assurance ;
Du joug de l'étranger tu délivres la France;
Tu rends libre Orléans, et dans Reims étonné
Tu ramènes ton roi, qui fuyait détrôné.

Sexe heureux! son destin est de vaincre sans cesse.
Mais peut-être le fer sied mal à sa faiblesse;
Ses pleurs, arme plus douce, ont autant de pouvoir.
Aman proscrit les Juifs, Esther est leur espoir;
Aux pieds d'Assuérus, de ses larmes ornée,

4

Esther demande grâce, et leur grâce est donnée.
Le fier Coriolan, aux Volsques réuni,
Revient exterminer Rome qui l'a banni :
Tribuns, consuls, vieillards, pontifes et vestales,
Tout presse ses genoux sous ses tentes fatales;
Inclinés avec eux devant son front altier,
Ses dieux mêmes, ses dieux semblent le supplier;
Mais il n'écoute rien qu'une aveugle colère,
Il est prêt à frapper... Il n'a pas vu sa mère !
Elle entre : Rome en vain la séparait d'un fils;
Immolant cette injure au bien de son pays,
Elle implore un vainqueur qui cède à sa prière :
Les pleurs de Véturie ont sauvé Rome entière.
Les pleurs ont mille fois désarmé les héros.
Vainement Edouard au glaive des bourreaux
Veut de Calais dompté livrer les six victimes :
Son épouse défend ces Français magnanimes,
Et, d'un prince terrible arrêtant la fureur,
Rend la vie aux vaincus et la gloire au vainqueur.
Quel bonheur pour les rois et la terre soumise
Qu'une femme sensible au trône soit assise !
L'opprimé trouve en elle un généreux secours.
Souvent même, échappée à la pompe des cours,
Du chaume ou des prisons cherchant l'ombre importune,
Elle vient recueillir les cris de l'infortune,
Les porte au souverain; et ces tristes accents

Réveillent de son cœur les soins compatissants.
Elle obtient du pouvoir, qu'elle rend plus affable,
Un poste à l'indigent, un pardon au coupable ;
Elle le fait chérir par ses bienfaits nombreux ;
Et le monarque est grand quand le peuple est heureux.
Quel éclat doit ce sexe à sa vertu suprême !
Mais ne la montre-t-il que sous le diadème ?
A l'exercer partout son cœur est empressé.
Ouvre-toi, triste enceinte où le soldat blessé,
Le malade indigent et qui n'a point d'asile,
Reçoivent un secours trop souvent inutile.
Là, des femmes, portant le nom chéri de sœurs,
D'un zèle affectueux prodiguent les douceurs.
Plus d'une apprit longtemps dans un saint monastère,
En invoquant le Ciel, à protéger la terre,
Et, vers l'infortuné s'élançant des autels,
Fut l'épouse d'un Dieu pour servir les mortels.
O courage touchant ! ces tendres bienfaitrices,
Dans un séjour infect, où sont tous les supplices,
De mille êtres souffrants prévenant les besoins,
Surmontent les dégoûts des plus pénibles soins,
Du chanvre salutaire entourent leurs blessures,
Et réparent ce lit témoin de leurs tortures,
Ce déplorable lit, dont l'avare pitié,
Ne prête à la douleur qu'une étroite moitié.
De l'humanité même elles semblent l'image ;

Et les infortunés que leur bonté soulage
Sentent avec bonheur, peut-être avec amour,
Qu'une femme est l'ami qui les ramène au jour.

O femmes! c'est à tort qu'on vous nomme timides;
A la voix de vos cœurs vous êtes intrépides.
Pourquoi de vils bourreaux, dans l'empire thébain,
Dévouant Antigone aux horreurs de la faim,
La plongent-ils vivante en une grotte obscure?
C'est qu'à son frère mort donnant la sépulture,
Sa main religieuse à la tombe a remis
Ces restes, qu'aux vautours la haine avait promis.
Elle savait la loi qui la mène au supplice;
Mais elle n'a rien vu que son cher Polynice,
Qui, privé du tombeau, réclamait son appui,
Et pour l'ensevelir elle meurt avec lui.
Qu'a fait cette Éponine à l'échafaud conduite?
Dans un obscur réduit, où, dérobant sa fuite,
Sabinus d'un vainqueur trompa dix ans les coups,
Elle vint partager les périls d'un époux :
De l'amour conjugal ô mémorable exemple !
Par elle un souterrain du bonheur fut le temple.
Aux yeux de Sabinus elle sut, chaque jour,
Embellir par ses soins le plus affreux séjour;
Des plus sombres échos lui charma la tristesse
En les adoucissant des sons de la tendresse;

Et du roc qui, la nuit, les recevait tous deux,
Fit la couche riante où l'hymen est heureux.
Blanche est plus grande encor : dans Bassane assiégée
Son époux était mort ; et, près d'elle érigée,
Chaque jour une tombe a reçu sa douleur.
Bassane cependant cède au fer du vainqueur.
Parmi les flots de sang que verse sa vengeance,
Jusqu'au palais de Blanche Acciolin s'avance :
Il la voit, il l'adore, il tombe à ses genoux,
Et, vainqueur, il réclame un triomphe plus doux.
Elle veut résister ; il frémit, il menace ;
Au respect de l'amour a succédé l'audace.
Blanche, près de subir l'horreur de ses transports :
« N'insulte pas, dit-elle, à la cendre des morts.
Ici repose, hélas ! un époux que je pleure :
Laisse-moi sans témoin l'embrasser ! Dans une heure
De mon triste destin tu pourras disposer. »
Le vainqueur, attendri, n'ose la refuser.
Lui-même de la tombe il fait lever la pierre.
Il sort, ivre d'espoir. L'auguste prisonnière
S'élance, sans pâlir, près de ce corps glacé ;
Et, d'un sein amoureux l'ayant encor pressé,
Elle attire sur soi, de ses mains assurées,
La pierre qui couvrait des dépouilles sacrées ;
Et, s'écrasant du poids sur sa tête abattu,
Du tombeau d'un époux protège sa vertu.

Que ne peut le devoir sur ces âmes fidèles !

Eh ! pourquoi loin de nous en chercher les modèles ?
Naguère, en nos climats, lorsque de tout côté
Pesait des décemvirs le sceptre ensanglanté,
N'ont-elles pas prouvé par mille traits sublimes
Combien leurs sentiments les rendent magnanimes ?
La peur régnait partout : plus de cœurs, plus d'ami ;
Le Français du Français paraissait l'ennemi ;
Chacun savait mourir, nul ne savait défendre.
Elles seules, d'un zèle ingénieux et tendre,
Pour détourner la mort qui nous menaçait tous,
Osèrent des tyrans aborder le courroux.
Celle-ci, dès l'aurore au repos arrachée,
Attendait leur présence, à leur porte attachée ;
Celle-là, d'un geôlier insensible à ses pleurs
Désarmant par son or les avares fureurs,
Dans un sombre cachot, d'un époux ou d'un père
Accourait chaque jour consoler la misère.
L'une d'un objet cher qui marchait à la mort
Demandait avec joie à partager le sort ;
L'autre cédait aux feux d'un juge sanguinaire,
Pour les jours d'un époux vertueuse adultère :
Toutes enfin, l'appui des Français malheureux,
Parlaient, priaient, pleuraient, ou s'immolaient pour eux
Leur âme en nos dangers fut toujours secourable.

Remontons au moment où d'un règne exécrable
Septembre ouvrit le long et vaste assassinat.
Dans le sommeil des lois, dans l'effroi du sénat,
Des monstres, qu'irritaient Bacchus et les Furies,
Aux prisons, en hurlant, portent leurs barbaries.
Ils mèlent sous leurs coups les sexes et les rangs;
Ils jettent morts sur morts et mourants sur mourants :
Tout frémit... Une fille au printemps de son âge,
Sombreuil, vient, éperdue, affronter le carnage.
« C'est mon père, dit-elle, arrêtez, inhumains! »
Elle tombe à leurs pieds, elle baise leurs mains,
Leurs mains teintes de sang! C'est peu : forte d'audace,
Tantôt elle retient un bras qui le menace,
Et tantôt, s'offrant seule à l'homicide acier,
De son corps étendu le couvre tout entier.
Elle dispute aux coups ce vieillard qu'elle adore;
Elle le prend, le perd, et le reprend encore.
A ses pleurs, à ses cris, à ce grand dévouement,
Les meurtriers émus s'arrêtent un moment :
Elle voit leur pitié, saisit l'instant prospère,
Du milieu des bourreaux elle enlève son père,
Et traverse les murs ensanglantés par eux,
Portant ce poids chéri dans ses bras généreux.
Jouis de ton triomphe, ô moderne Antigone!
Quel que soit le débat et du peuple et du trône,
Tes saints efforts vivront d'âge en âge bénis :

Pour admirer ton cœur tous les cœurs sont unis;
Et ton zèle, à jamais cher aux partis contraires,
Est des enfants l'exemple et la gloire des pères.
Faut-il qu'au meurtre en vain son père ait échappé!
Des brigands l'ont absous, des juges l'ont frappé!

Tel brille en ses vertus un sexe qu'on déprime.
Que sous nos pas tremblants le sort creuse un abîme,
Il s'y jette avec nous, ou devient notre appui;
Toujours le malheureux se repose sur lui.
L'heureux même lui doit ses plaisirs d'âge en âge;
Et, quand son front des ans atteste le ravage,
Une femme embellit jusqu'à ses derniers jours.
Au terme de sa course, il s'applaudit toujours
De voir à ses côtés l'épouse tendre et sage
Avec qui de la vie il a fait le voyage,
Et la fille naïve à qui, pour le chérir,
Il ouvrit le chemin qu'il vient de parcourir.
Grâce aux soins attentifs dont leurs mains complaisantes
S'empressent à calmer ses peines renaissantes,
De la triste vieillesse il sent moins le fardeau;
Il cueille quelques fleurs sur le bord du tombeau;
Et, lorsqu'il faut quitter ces compagnes fidèles,
Son œil, en se fermant, se tourne encor vers elles.

Hé bien! vous, de ce sexe éternels ennemis,

Qu'opposez-vous aux traits que je vous ai soumis?
Vous me peignez soudain la joueuse, l'avare,
L'altière au cœur d'airain, la folle au cœur bizarre,
La mégère livrée à des soupçons jaloux
Et l'éternel fléau d'un amant, d'un époux :
Nous sied-il d'avancer ces reproches étranges?
Pour oser les blâmer, sommes-nous donc des anges?
Et, non moins imparfaits, ne partageons-nous pas
Leurs travers, leurs défauts, sans avoir leurs appas?
Vous ne m'écoutez point; et, d'un ton plus austère,
Vous m'offrez Ériphyle et sa fourbe adultère,
Les fureurs dont Médée épouvanta Colchos,
Le crime qui souilla les femmes de Lemnos,
Messaline ordonnant d'horribles saturnales;
Et, de l'antiquité passant à nos annales,
Vous mettez sous mes yeux l'affreuse Médicis
Au meurtre des Français encourageant son fils :
Qui ne hait comme vous ces femmes sanguinaires?
Mais jugea-t-on jamais les rois sur les Tibères?
Et la femme perverse à d'équitables yeux
Doit-elle rendre enfin tout son sexe odieux?
Mille étoiles au loin rayonnent sur nos têtes :
Il en est dont le cours amène les tempêtes;
Mais, quoique leur aspect présage des malheurs,
Trouvons-nous moins d'éclat à leurs brillantes sœurs
Qui viennent, de la nuit perçant les voiles sombres,

Consoler nos regards du vaste deuil des ombres ?
Des fleurs ornent nos champs ; mais pour les trahisons
Si plus d'une à la haine offre de noirs poisons,
En admirons-nous moins celles qui sur leur tige
D'innocentes couleurs étalent le prestige,
Et font à l'odorat, comme les yeux charmé,
Respirer le plaisir dans leur souffle embaumé ?
Les femmes, dût s'en plaindre une maligne envie,
Sont ces fleurs, ornements du désert de la vie.
Reviens de ton erreur, toi qui veux les flétrir :
Sache les respecter autant que les chérir ;
Et, si la voix du sang n'est point une chimère,
Tombe aux pieds de ce sexe à qui tu dois ta mère.

NOTES

—

Page 9, vers 8.

Célébrer des humains la plus belle moitié.

MM. Campenon, Auguste Creuzé et Dussausoir ont aussi traité ce sujet en vers très agréables.

Page 10, vers 5.

Pour son dernier ouvrage il créa la beauté.

Il faut lire dans le *Paradis perdu* de Milton l'épisode où Ève reçoit le jour. Celui de sa séduction le surpasse encore : j'en ai essayé cette imitation en vers :

Au milieu de l'Éden un bois touffu s'élève.
Dans ces lieux enchanteurs le fier Satan vers Ève
Porte ses pas, caché sous les traits du serpent.
Il ne se traînait pas sur la terre en rampant,
Comme on voit s'y glisser cette race ennemie :
Il accourt, élevé sur sa croupe affermie,
Dont les divers anneaux, l'un sur l'autre placés,
En dédales vivants montaient entrelacés.
Son cou noble, sa tête avec grâce flottante,
Et des feux du rubis sa prunelle éclatante,
Et sa robe, où jouait le reflet vif et pur
De mille écailles d'or, d'émeraude et d'azur,
Embellissaient ce corps élégant et superbe

Dont les derniers replis se déroulaient sur l'herbe.
Il prend, pour approcher, des détours sinueux.
Tel, sur l'azur des mers, près des bords tortueux
D'un long cap où le vent tourne et change sans cesse,
Le vaisseau, qu'un nocher dirige avec adresse,
De ce souffle incertain suit tous les mouvements,
Et tour à tour présente ou son front ou ses flancs.
Tel le serpent près d'Ève, en courtisan habile,
Varie à chaque instant sa démarche mobile,
Et, de divers replis dessinant le contour,
Pour en être aperçu forme cent lacs d'amour.
D'un ouvrage riant tout entière occupée,
De ses brillants reflets Ève n'est point frappée :
Les animaux jouaient si souvent sur ses pas
Que ses regards vers eux ne se détournaient pas.
Alors l'adroit serpent, sans que son œil l'appelle,
Comme pour l'admirer, se place devant elle.
Il y semble ravi de son auguste aspect ;
Mille fois il incline, en signe de respect,
Et le panache errant d'une tête pompeuse,
Et d'un col émaille la souplesse onduleuse ;
D'un œil étincelant dévore ses appas,
Et baise avec transport la trace de ses pas.
Ces efforts obstinés et ce muet hommage,
D'Ève, qui les observe, ont suspendu l'ouvrage.
Enfin sur le serpent son regard est fixé :
Il l'aborde, en feignant un air embarrassé,
Et par ces mots flatteurs captive son oreille :
« Reine de l'univers, rare et seule merveille
Dont nos bosquets divins doivent être orgueilleux,
Que ce discours pour vous n'ait rien de merveilleux
Surtout, en vous cherchant si j'ai pu vous déplaire,
Daignez à mes regards cacher votre colère.
Ce sentiment cruel n'est point fait pour vos yeux,
Aussi doux que l'azur dont se parent les cieux.
Ah ! rassurez plutôt un sujet qu'intimide
L'auguste majesté qui sur ce front réside.
Sans doute j'aurais dû fuir ce lieu retiré
Dont votre aspect divin fait un temple sacré :

Mais j'ai voulu vous voir pensive et solitaire ;
A ce brûlant désir je n'ai pu me soustraire ;
Et, si c'est un forfait que de vous supplier,
Accusez vos attraits, qui font tout oublier.
Oui, vous êtes de Dieu la plus brillante image :
C'est en vous que la terre aime à lui rendre hommage.
Tout ce qui vit, d'amour, d'ivresse transporté,
Adore cette noble et céleste beauté
Que sa puissante main, en prodiges féconde,
Fit comme le soleil pour enchanter le monde.
Mais ce charmant ouvrage, où se plut son auteur,
Méritait, comme lui, plus d'un admirateur :
Je gémis de vous voir dans l'Éden prisonnière,
Parmi les animaux, troupe aveugle et grossière,
Qui ne saurait sentir, dans son instinct borné,
Tout le prix des attraits dont ce front est orné.
Seul des êtres vivants attirés sur vos traces,
L'homme peut dignement apprécier vos grâces ;
Mais, quand vous rassemblez des trésors si nombreux,
Un seul être, un seul juge est-il assez pour eux ?
Déesse condamnée à trop peu de louanges,
Vous méritiez pour suite et les dieux et les anges :
Ce sont eux qui devraient, embrassant vos genoux,
Partager leur encens entre leur maître et vous. »
Il se tait : son adroite et douce flatterie
D'Ève, qu'il fait rougir, séduit l'âme attendrie.
Des discours du serpent elle se sent troubler.
Surprise en même temps de l'entendre parler :
« O prodige !... Est-il vrai ? comme moi tu t'exprimes !
Ta voix même s'élève à des pensers sublimes !
Comment possèdes-tu ce présent, qu'en ce lieu
L'homme seul avec l'ange avait reçu de Dieu ?
D'un miracle si grand conte-moi le mystère ;
Dis par quel intérêt, plus soigneux de me plaire,
Tu me rends aujourd'hui cet hommage empressé
Que l'animal encor ne m'a point adressé. »
Le fourbe, redoublant son astuce profonde :
« Belle Ève, reprend-il, premier charme du monde,
Lorsque vous commandez, il m'est doux d'obéir.

Quand Dieu de la clarté me permit de jouir,
J'étais en tout semblable à la brute nourrie
De l'herbe que vos pieds foulent dans la prairie.
J'avais, par l'instinct seul éclairé chaque jour,
Et l'esprit sans pensée, et le cœur sans amour.
Mais un matin, sorti d'un berceau balsamique,
Je vis dans le lointain un arbre magnifique,
Chargé d'immenses fruits, que la pourpre et que l'or
De leurs riches couleurs embellissaient encor ;
J'y cours avec surprise : une haleine embaumée
S'exhalant de ses fruits, dont ma vue est charmée,
Porte à mon odorat des esprits plus flatteurs
Que le parfum du lait et le souffle des fleurs ;
Et cette douce odeur, ces formes séduisantes,
Irritent de ma faim les ardeurs plus pressantes.
Je n'y résiste plus : de mon corps tortueux,
J'embrasse au même instant l'arbre majestueux.
Franchissant ses rameaux qui jusqu'aux cieux s'élancent,
Je monte vers la branche où ses fruits se balancent.
Sur sa cime élevée à la fin parvenu,
Je cueille un de ces dons : ô transport inconnu !
Non, le doux suc des prés, le cristal des fontaines,
N'ont jamais fait couler dans mes brûlantes veines
Une joie, un bonheur qu'on puisse comparer
A ces plaisirs nouveaux qui vinrent m'enivrer.
Je voudrais peindre en vain leur charme inconcevable.
Mais ce n'est rien encor : de cet arbre admirable
A peine je quittais le céleste aliment
Que je sens dans mon ame un soudain changement.
L'ombre qui la voilait de sa vapeur grossière
Disparaît : la raison y lance sa lumière.
La naissante pensée est prompte à s'y former ;
Sur mes lèvres les mots accourent l'exprimer ;
Et, gardant mes seuls traits, j'entre avec assurance,
Sous les mêmes dehors, dans une autre existence.
Depuis ce temps heureux, mon âme avec ardeur
A des œuvres de Dieu mesuré la grandeur.
J'ai vu, j'ai comparé sur la terre, sur l'onde,
Dans le pur firmament, voûte immense du monde,

Tout ce que d'admirable ils peuvent étaler ;
Cet univers n'a rien qui vous puisse égaler !
De vos dons éclatants l'assemblage suprême
Fait de vous la plus belle, en fait la beauté même.
Voilà ce qui m'amène ; et, dussent vous lasser
Les tributs que mon cœur aime à vous adresser,
Permettez que dans vous j'observe, admire, adore
Celle dont tout se pare, et que rien ne décore ;
Celle enfin qui, baissant ou relevant les yeux,
Offre aux miens enivrés le chef-d'œuvre des cieux. »
Ces mots, où le mensonge avec art se déguise,
D'Ève trop attentive augmentent la surprise ;
Curieuse, elle dit : « En flattant ma beauté,
Tu me défends de croire à cet arbre vanté.
Je doute que les fruits qui forment sa parure
Aient toute la vertu que ta bouche m'assure.
Mais où s'élève-t-il dans ce vaste jardin ?
— Il est près de ce lieu, lui répond-il soudain ;
On le voit dans la plaine épancher son feuillage
Sur les bords d'une source, au milieu d'un bocage,
Où l'oranger, le baume et le tilleul en fleur,
Disputent de parfum, d'ombrage, de couleur ;
Et de myrtes touffus une allée odorante
De cet arbre divin est la route charmante ;
Mais, sans guide, vos yeux ne le trouveraient pas.
— Tu peux seul m'en servir : eh bien, conduis mes pas, »
Dit-elle. Le serpent aussitôt la devance ;
En rapides anneaux il se roule, il s'élance ;
Sa cruelle allégresse éclate en la guidant ;
Sa crête en est plus vive, et son œil plus ardent.
Tel, sous des cieux obscurs que sa rougeur colore,
S'enflamme, resplendit, s'étend un météore,
Phénomène que l'ombre et la terre ont produit.
Par un esprit malin ce feu toujours conduit,
A l'œil du voyageur, dans la nuit ténébreuse,
Fait briller en flottant une lueur trompeuse,
Un éclat qui bientôt l'égare en un sentier
Où quelque abîme ouvert l'engloutit tout entier.

Page 12, vers 20-21.

Des fleurs par Vallayer sur la toile jetées
On est prêt à cueillir les tiges imitées.

Mme Vallayer-Coster excelle dans l'art de peindre les fleurs et la nature morte. Elle fut reçue, à l'âge de dix-neuf ans, membre de l'Académie royale de peinture. Deux de ses tableaux, dont l'un représente les attributs de la peinture, et l'autre ceux de la musique, avaient prouvé un si grand talent que ses juges les adoptèrent aussitôt comme tableaux de réception. On les admire au muséum de Versailles.

Page 12, vers 22-23.

On croit voir respirer les portraits précieux
Où Le Brun immortelle attache tous les yeux.

Mme Le Brun n'est pas célèbre seulement par une foule de portraits qui l'ont placée à côté de Van Dyck; son talent s'est encore exercé sur des sujets qui ont mis le sceau à sa réputation. Je citerai *la Paix ramenant l'Abondance*, *Vénus liant les ailes de l'Amour*, et surtout *la Tendresse maternelle*. Elle s'est représentée dans celui-ci tenant sa fille entre ses bras : composition, dessin, couleur, expression, tout plaît et attache dans cet admirable ouvrage. Mme Le Brun quitta la France pour aller étudier l'Italie, d'après le droit accordé par les lois aux artistes; et des vandales s'empressèrent de l'inscrire sur la liste des émigrés. En vain les hommes les plus célèbres dans les sciences, dans les lettres et dans les arts, présentèrent aux autorités une pétition pour son retour; ce n'est que sous le consulat de Bonaparte qu'elle a obtenu justice. Mme Le Brun est rendue à son pays; mais qui pourra dédommager l'école française des chefs-d'œuvre qu'elle a laissés chez l'étranger pendant dix années d'absence?

Page 12, vers 26.

Lisons Riccoboni, La Fayette, Tencin.

Mme de La Fayette et Mme de Tencin s'illustrèrent avant

Mme de Riccoboni. La première composa *Zaïde* et *la Princesse de Clèves*; l'autre, les *Mémoires de Comminge*; et Mme de Riccoboni, *le Marquis de Cressy*, *Ernestine*, et d'autres romans délicieux.

Page 13, vers 2-3.

Et dans Cécilia, Sénange et Théodore,
Dans ces tableaux récents, l'Amour est peintré encore.

Ces trois romans sont d'auteurs vivants. *Cécilia* est de miss Burney. Cet ouvrage réussit à Paris comme à Londres; les caractères y sont parfaitement dessinés; le tableau de la société y est très bien saisi : c'est une des meilleures productions de la fin du XVIIIe siècle.

Adèle et Théodore est un roman de Mme de Genlis. Il est, comme ses autres ouvrages, conduit avec habileté et écrit avec beaucoup de charme. On y remarque surtout l'histoire d'une femme plongée par son mari jaloux dans un souterrain.

Adèle de Sénange est de Mme de Flahaut. Ce roman commença et fit la réputation de son auteur. Il parut dans le temps où nous étions inondés de ces sombres productions des romanciers anglais, qui croient plaire avec des spectres et des horreurs; et, comme il n'a rien d'un si lugubre appareil, comme tous les ressorts en sont simples, il reposa agréablement de ces compositions tristes et convulsives. Mais il ne dut pas le grand succès qu'il obtint à ce seul contraste; il le dut surtout à l'intérêt de l'action, à l'ingénuité des caractères, à la légèreté du style, à l'art des développements, enfin à la découverte de ces nuances fines, de ces sentiments délicats, de ces expressions du cœur qu'une femme seule sait trouver.

Les romans de Mme Cottin donnèrent une rivale à Mmes de Genlis et de Flahaut. Elle débuta par celui de *Claire d'Albe*, qui la fit très avantageusement connaître. Les autres sont d'un talent encore plus élevé; on y trouve une imagination vive et féconde et le style d'un écrivain habile à peindre les grandes passions.

Lorsqu'on cite les femmes qui écrivent en prose, on ne

6

peut oublier Mme de Staël, dont le talent est si distingué ; ce n'est point la grâce qui caractérise sa plume, ce sont des pensées fortes et des expressions ingénieuses.

Page 13, vers 5.

Un poète voulut lui défendre les vers.

On se rappelle les stances charmantes de Le Brun aux belles qui veulent versifier.

Page 13, vers 8-9.

Mais elle a su prouver que sous ses doigts légers
Soupire sans effort la flûte des bergers.

Les jolis vers de Mmes d'Hautpoul-Beaufort, Bourdic-Viot, Verdier, Beauharnais, Dufrénoy, Pipelet de Salm et Babois justifient mon assertion.

Page 14, vers 14.

Elle vit dans son fils, et non plus dans soi-même.

Grétry, dans son excellent essai sur la musique, a dit sur l'amour maternel : *Le cœur d'une mère est le chef-d'œuvre de la nature.* Ce mot est aussi vrai qu'ingénieux. En voici un autre très touchant. Une femme venait de perdre son fils ; un prêtre, invoquant la religion pour la résigner à son malheur, lui rappela le sacrifice d'Abraham : *Ah ! mon père,* s'écria-t-elle, *jamais Dieu ne l'eût exigé d'une mère !*

Page 15, vers 5-6.

D'une lèvre obstinée elle presse ces yeux,
Que ferme un voile impur à la clarté des cieux.

Cette action est vraie. Mme de Genlis, dans un de ses romans, raconte un fait semblable, à l'exception qu'il s'agit, dans son récit, d'une fille de quinze ans.

Page 15, vers 8.

Une seconde fois lui donne la lumière.

Quand ce morceau fut achevé, on me rappela que Voltaire avait dit sur le jeune Caumont sauvé par son père à la Saint-Barthélemi :

« *Une seconde fois il lui donna la vie.* »

J'ai laissé cette réminiscence qui m'est échappée, parce que le mot *lumière*, qui, dans mon vers, présente une autre acception que *la vie*, le rend différent de celui de la *Henriade*, et qu'enfin le tableau n'est pas le même.

Page 21, vers 25.

Bon La Fontaine, ô toi qui chantas l'amitié,
Avec La Sablière ainsi tu fus lié.

Mme de La Sablière recueillit vingt années chez elle notre fabuliste, qui était sans fortune, n'ayant jamais eu part aux faveurs du gouvernement : car l'autorité n'est que trop souvent disposée à oublier l'homme de talent qui ne sait pas intriguer ou faire sa cour. La Fontaine était de la plus grande insouciance sur ses affaires; Mme de La Sablière s'en occupait pour lui. Elle ne fut pas seulement son amie, elle fut son économe; elle réglait ses dépenses et son habillement. Il n'est qu'une femme qui sache entrer dans tous ces détails minutieux que l'amitié ennoblit. La Fontaine perdit une amie si précieuse. Mme d'Hervart la remplaça. La manière dont ses services furent offerts et acceptés est remarquable. *J'ai appris,* dit Mme d'Hervart à La Fontaine, *le malheur qui vous est arrivé, et je viens vous proposer de loger chez moi.* — *J'y allais,* lui répondit-il. Ce mot fait l'éloge de tous deux.

Page 23, vers 10.

Vous le prouvez, ô temps de la chevalerie !

L'institution de la chevalerie eut le but le plus imposant,

celui de défendre la faiblesse opprimée. L'anarchie et le bri-
gandage, qu'amena dans l'Europe la division du vaste empire de Charlemagne, changèrent les possesseurs de chaque
fief en autant de petits souverains qui se faisaient la guerre
et infestaient les routes. Le moindre château, le plus étroit
donjon, étaient redoutables : il en sortait des soldats qui
pillaient les marchands et enlevaient les femmes. Plusieurs
seigneurs, au X° siècle, se liguèrent pour protéger la tranquillité publique, et surtout défendre les femmes : ils s'ap-
pelèrent leurs chevaliers. La galanterie vint s'unir à cet utile
établissement. L'appui qu'il offrait à la beauté mit ses défen-
seurs à ses pieds. Chaque chevalier voulut avoir sa *Dame*.
Il ne faisait serment que par Dieu et par elle; il ne combattait qu'armé par ses mains et paré de ses couleurs; il
cherchait à se rendre digne d'elle par des exploits. Sans doute
cette institution eut ses ridicules, comme tout ce qu'on exa-
gère. Elle mêla au courage une forfanterie, à l'amour une
soumission, qui passèrent les bornes, et fournirent à la comédie plusieurs scènes plaisantes; elle inonda l'Europe de
longs romans, dont l'auteur de *Don Quichotte* s'est moqué
avec raison; mais elle produisit des grands hommes, mais
elle fit faire de belles actions. Enfin elle servit la morale, en
adoucissant l'âpreté de la valeur par le culte de l'amour délicat, en inspirant à toutes les âmes une sensibilité plus exal-
tée, un zèle plus ardent pour les opprimés; et elle plaira
toujours à l'imagination par le tableau de ses chiffres, de
ses rubans, de ses devises, qui dans les combats ornaient
toutes les armures, et par la pompe de ses tournois et de
ses fêtes, où la vaillance et l'adresse se déployaient devant
une assemblée de femmes brillantes de parures et de charmes. Les croix, les cordons, firent tomber la chevalerie, et
ne la remplacèrent pas.

Page 24, vers 18.

Il faut que Mars toujours soit l'amant de Vénus.

L'amour du dieu de la guerre pour la déesse de la beauté
est une des plus séduisantes fictions de la mythologie. Il a
fourni à Lucrèce le magnifique début de son poëme de la

Nature. J'en ai hasardé une imitation en vers : peut-être ne paraîtra-t-elle pas déplacée dans les notes d'un poëme sur les femmes.

> O mère des Amours ! ô mère des Romains,
> Vénus, charme éternel des dieux et des humains,
> Toi seule, embrasant tout de ton feu salutaire,
> Peuples l'air et les eaux, et fécondes la terre.
> Tu parais : les frimas reconnaissent ta loi ;
> Les vents respectueux se taisent devant toi ;
> L'hiver s'est éloigné ; Cybèle, au loin riante,
> Étale de ses fleurs la parure odorante ;
> L'Océan aplani roule limpide et pur,
> Et le ciel resplendit de son plus riche azur.
> Quand le printemps renaît, dès qu'on sent dans la plaine
> Des zéphyrs créateurs souffler la douce haleine,
> Soudain, remplis de toi, par mille chants d'amour
> Les habitants de l'air célèbrent ton retour.
> Des coursiers, des taureaux, les troupes vagabondes
> S'élancent dans les prés ou traversent les ondes :
> Tout ce qui vit enfin suit ton aimable voix.
> Dans les mers, dans les champs, sur les monts, dans les bois,
> Pénétrant tous les cœurs, ta volupté féconde
> Par l'attrait des plaisirs renouvelle le monde.
> Viens donc, viens m'inspirer, âme de l'univers,
> Principe de la vie et des êtres divers,
> Des grâces, du bonheur source éternelle et pure ;
> Tu me dois ton appui, je chante la nature.
> Je chante, et Memmius, que tes dons les plus chers
> Ont orné dès l'enfance, est l'objet de mes vers.
> Prête-leur, ô Vénus ! une grâce immortelle,
> Que le temps, comme toi, rende toujours nouvelle.
>
> Ordonne cependant qu'aux plus lointains climats
> La paix éteigne enfin la fureur des combats.
> Tu peux seule imposer silence au bruit des armes.
> Souvent ce dieu si fier qui préside aux alarmes
> Repose dans tes bras ; là, d'amour consumé,
> Mars, penché sur ton sein, palpitant, enflammé,

Et l'âme suspendue aux lèvres qu'il adore,
Repaît de volupté son œil qui te dévore.
Ah! lorsque tu tiendras cet amant éperdu
Sur tes charmes sacrés mollement étendu,
Que, par un doux parler, ta bouche enchanteresse
Verse au fond de son cœur une paisible ivresse.
Aux jours où la Discorde agite ses flambeaux
Oserais-je chanter? Et le fils des héros,
Memmius, pourrait-il, à sa gloire infidèle,
Trahir, pour m'écouter, tout l'Etat qui l'appelle?

Oui, Memmius, de Rome écarte le danger.
Il faut, pour la science où je dois t'engager,
Un esprit libre, calme, et qui, brûlant d'apprendre,
Ne puisse s'en distraire avant de la comprendre.
Je veux te dévoiler le système des cieux,
L'ordre de l'univers, l'existence des dieux.
Je veux, te délivrant des erreurs populaires,
De la création t'enseigner les mystères.
Tu sauras, par les lois qu'Épicure décrit,
Comment tout naît, s'élève, et comment tout périt;
Quels sont ces premiers corps, seuls principes du monde.
Car les dieux, endormis dans une paix profonde,
Sans s'occuper de nous, avec tranquillité,
Savourent les douceurs de l'immortalité.
Loin des événements qui passent sur la terre,
Dans eux-même enfermés, leur grandeur solitaire,
D'un œil indifférent, sans crainte, sans douleur,
Voit parmi les humains le crime et le malheur.

Longtemps un monstre affreux, qui du milieu des nues
Tenait sur l'univers ses ailes étendues,
La Superstition, usurpant des autels,
De sa chaîne sacrée accabla les mortels.
Dans ce commun effroi, du sein de la poussière,
Un Grec leva les yeux sur cette idole altière;
Le premier, immobile, il l'osa contempler;
Dans son calme insultant rien ne put l'ébranler,
Ni ces dieux si vantés, ni le bruit de leur foudre,

Ni les cieux enflammés prêts à le mettre en poudre.
L'obstacle l'enhardit ; et, brûlant d'arracher
Le voile où la nature a voulu se cacher,
Son génie, échappé des limites du monde,
Parcourut à grands pas l'immensité profonde ;
Et, pénétrant enfin dans ses trésors ouverts,
Vainqueur, il les versa sur l'aveugle univers.
Il enseigna des corps les bornes et l'essence :
Par là du fanatisme il frappa la puissance ;
Et, foulant sous ses pieds ce fantôme odieux,
L'homme, éclairé par lui, marcha l'égal des dieux.

Mais ne t'alarme pas de ces leçons hardies.
Ne crois pas qu'élevant des systèmes impies
J'attaque la morale, oracle des humains,
Et veuille des forfaits leur ouvrir les chemins.
La Superstition seule ordonna des crimes.
N'est-ce pas en suivant ses horribles maximes
Que les princes des Grecs ont offert sous leurs coups
Le sang d'Iphigénie à Diane en courroux ?
Quel spectacle !... une illustre et jeune infortunée
Des voiles de la mort la tête couronnée !
Près de l'autel, son père accablé de douleurs !
A ses côtés vingt rois, et leur armée en pleurs !
Le couteau saint caché sous l'habit des ministres !
La belle Iphigénie, à ces apprêts sinistres,
Muette, se prosterne en détournant les yeux.
De quoi lui sert, hélas ! dans ce jour odieux,
Que son sang soit illustre, et qu'elle ait la première
Au grand Agamemnon donné le nom de père ?
De ces bourreaux sacrés le cortège cruel
La soulève tremblante et la porte à l'autel,
Non pas pour y serrer les doux nœuds d'hyménée,
Au milieu d'une cour sur ses pas entraînée,
Mais pour y recevoir, par l'ordre paternel,
A la fleur de ses ans un trépas solennel.
Eh ! quel était le but d'un si grand sacrifice ?
Le départ des vaisseaux !... l'espoir d'un vent propice !
O Superstition, voilà donc tes fureurs [1]...

Page 24, vers 23.

N'a-t-on pas vu jadis une femme grand homme
S'opposer dans Palmyre aux ravages de Rome ;
Une autre, vers l'Euphrate enchaîné sous sa loi,
Combattre en conquérant et gouverner en roi ?

L'une est *Zénobie*, l'autre *Sémiramis*. *Zénobie* monta sur
le trône de Palmyre, ville de la Syrie, l'an 267 de l'ère
chrétienne. Elle battit elle-même les Romains en Égypte et
en Perse ; mais elle fut vaincue par l'empereur Aurélien, et
tomba entre ses mains.

Sémiramis devint reine de Babylone, vers l'an 1229 avant
Jésus-Christ, en succédant à Ninus son mari. Elle remporta
en personne plusieurs victoires. Elle fut l'effroi des monar-
ques de l'Asie ; elle ôta ou donna le sceptre à plus d'un
roi.

Beaucoup d'autres souveraines furent guerrières. Les plus
célèbres sont Tomyris, reine des Scythes, qui vainquit
Cyrus ; Laodicée, reine des Bretons, qui combattit les Romains ; Marguerite Waldemar, reine de Danemark, qui
conquit deux royaumes ; Marguerite d'Anjou, reine d'Angleterre, qui livra douze batailles pour replacer sur le trône
Henri IV, son époux ; Jeanne de Montfort, duchesse de
Bretagne, qui, après beaucoup de sièges, de combats sur
terre et sur mer, mit enfin la couronne sur la tête de son
fils ; et Henriette d'Angleterre, femme de Charles Ier, fille
de Henri IV, qui repassa neuf fois l'Océan pour combattre
Cromwell.

Page 25, vers 2.

Non : mille autres encor, sans être souveraines, etc.

Sans rappeler les annales des républiques anciennes,
l'histoire moderne nous a transmis des exemples nombreux
de la vaillance de femmes qui ne furent point assises sur le
trône. Au temps des croisades, on en vit une foule combattre en Asie. Dans l'invasion des Turcs, les habitantes des
îles de l'Archipel et de la Méditerranée, et, dans les guerres
de la France, les habitantes d'Aix, de Marseille et de Pé-
ronne, repoussèrent intrépidement les ennemis.

Page 25, vers 11.

Fière Télesilla, j'atteste tes exploits.

Télesilla naquit à Argos, dans le Péloponnèse. Elle était poète et guerrière. Entre autres exploits, elle délivra, l'an 557 avant Jésus-Christ, sa patrie assiégée par Cléomène, roi de Sparte. Ses concitoyens lui érigèrent, dans la place publique, une statue qui la représentait ayant un casque à la main et des livres à ses pieds.

Page 25, vers 13.

Jeanne d'Arc : Orléans tremblait pour ses murailles, etc.

C'est l'an 1429 que Jeanne d'Arc, paysanne née à Domrémy, se signala en faisant lever aux Anglais le siège d'Orléans et en conduisant Charles VII à Reims pour y être sacré.

L'an 1472, une autre Française, nommée Hachette, sauva Beauvais assiégé par le duc de Bourgogne : elle parut sur la brèche à la tête des femmes de cette ville, arracha le drapeau qu'on y voulait arborer, et renversa au bas de la muraille le soldat qui le portait.

Page 26, vers 16.

Veut de Calais dompté livrer les six victimes.

Dans la guerre de Philippe de Valois et d'Édouard III pour le trône de France, la ville de Calais, fidèle aux droits de Philippe, que la loi salique y appelait, avait soutenu un siège de onze mois. Cette défense opiniâtre irrita le vainqueur, qui voulait tout passer au fil de l'épée; il ne se laissa désarmer que sous la condition que six habitants de cette ville lui seraient remis les pieds nus, les mains liées et la corde au cou. Six se présentèrent en cet état. Édouard ordonnait leur supplice; mais la reine, par ses pressantes sollicitations, obtint leur grâce. Cet événement arriva l'an 1347.

Page 27, vers 9.

Ouvre-toi, triste enceinte, où le soldat blessé, etc.

Les garde-malades, dans les hôpitaux militaires et civils, étaient en France, avant la révolution, et sont encore dans l'Europe des religieuses, appelées Sœurs de la charité. On ne peut trop admirer la constance avec laquelle elles remplissent une si triste fonction.

Page 28, vers 7.

Dévouant Antigone aux horreurs de la faim.

Les anciens attachaient une grande importance à être inhumés. Polynice, expirant sous les coups d'Éteocle, conjura sa sœur Antigone de l'ensevelir. Comme il avait porté les armes contre sa patrie, les magistrats défendirent, sous peine de mort, de lui rendre les derniers honneurs. Antigone désobéit à la loi, et fut condamnée à périr de faim dans un antre que l'on mura sur elle.

Page 28, vers 16.

Qu'a fait cette Éponine à l'échafaud conduite?

Éponine avait épousé Sabinus, prince gaulois, qui se révolta, vers l'an 69 de l'ère chrétienne, contre l'empereur Vespasien. Il fut vaincu, et se cacha dans un souterrain. Il fit savoir le lieu de sa retraite à Éponine. Cette tendre épouse vint l'y trouver, l'y servit pendant neuf ans, et y accoucha de deux enfants. Leur asile fut découvert. Vespasien les fit périr tous deux sans respect pour la vertu d'Éponine. La belle Panthée, femme d'Abradate; Porcia, femme de Brutus; Pauline, femme de Sénèque; Arria, femme de Pœtus; et Camma, veuve de Sinate, dont elle vengea l'assassinat en s'empoisonnant avec son meurtrier, se rendirent immortelles comme Éponine, par ce sublime empressement à s'immoler pour un époux.

Page 29, vers 26.

Du tombeau d'un époux protège sa vertu.

Ce trait est historique. L'héroïne était femme de Jean-Baptiste de La Porte, gouverneur de Bassano, qu'elle défendit vaillamment, mais en vain, après la mort de son mari, tué pendant le siège de cette ville.

Page 22, vers 1.

Que ne peut le devoir sur ces âmes fidèles !...

La fidélité conjugale rappelle le nom de Pénélope, dont la constance honora tant l'hyménée. Ovide a fait sur cette reine une héroïde touchante, dont la traduction, que j'ai hasardée, ne sera point déplacée ici.

> *Ulysse, toi dont rien n'annonce*
> *Le retour à mon cœur surpris,*
> *Cher époux, c'est moi qui t'écris ;*
> *Toi-même à Pénélope apporte la réponse.*
> *Il est, après dix ans, sur la poudre étendu*
> *Cet Ilion, haï des filles de la Grèce ;*
> *Mais a-t-il pu souffrir autant que la tendresse*
> *De l'épouse qui t'a perdu ?*
> *Plût aux dieux que sur l'onde eût péri l'adultère*
> *Dont les feux ont souillé la cour de Ménélas !*
> *Pleurante, et te cherchant trop vainement, hélas !*
> *Je ne languirais point dans mon lit solitaire ;*
> *Je ne me plaindrais pas de la lenteur des jours ;*
> *Et, pour tromper des nuits la course encor plus lente,*
> *Je ne déferais pas, d'une main défaillante,*
> *L'ouvrage ingénieux que je refais toujours.*
> *Combien j'ai tremblé pour ta vie !*
> *L'amour craint tout ; l'amour, me peignant ton trépas,*
> *Te prêtait des dangers que tu ne courais pas.*
> *Je voyais sur toi seul fondre toute l'Asie.*
> *Je demandais sans cesse : « Existe-t-il encor ? »*
> *Je pâlissais au nom d'Hector !*
> *Patrocle, qui d'Achille a revêtu les armes,*

Tombait-il par Hector percé ;
Par Hector Antiloque était-il renversé ;
Antiloque, Patrocle, augmentaient mes alarmes.
Je croyais voir Ulysse avec eux terrassé.
*   Enfin, dès que la Renommée*
M'apportait d'un revers la nouvelle semée,
Ce funeste récit redoublait ma frayeur ;
Et chaque trait lancé venait frapper mon cœur.
Mais l'amour a veillé sur des jours que j'adore ;
Les Troyens ne sont plus, et toi, tu vis encore.
Tous les Grecs de retour font fumer les autels ;
Leur proie est déposée aux pieds des immortels,
*   Leurs filles aux dieux rendent grâces*
Pour un père sauvé, qui, près des siens assis,
Tranquille, d'Ilion raconte les disgrâces :
Les vieillards, les enfants, tremblants à ces récits,
Admirent en silence ; et l'épouse éperdue
Aux lèvres d'un époux écoute suspendue.
*   Souvent sa main, à leurs regards,*
*   Sur la table, de vin rougie,*
Dessine ces combats donnés dans la Phrygie,
Et d'Ilion détruit rebâtit les remparts.
*   Là coulait le Xanthe tranquille ;*
Le Sigée, en ces lieux, s'avançait dans les mers ;
Là le palais des rois s'élevait dans les airs ;
Là combattait Ulysse, ici campait Achille ;
Plus loin Hector sanglant, à son char enchaîné,
Effraya les chevaux dont il était traîné.
*   J'ai su tous ces détails célèbres*
D'un fils qui de Nestor les avait tous appris.
Il m'a conté Dolon par tes regards surpris,
Et Rhésus par ton bras frappé dans les ténèbres.
Mais comment, oubliant ton épouse et ton fils,
Osas-tu pénétrer le camp du roi de Thrace,
Et, d'un seul homme aidé, braver tant d'ennemis ?
Jadis, plus amoureux, Ulysse eut moins d'audace.
Dieux ! combien ce récit m'a fait pâlir ! Mon cœur
Tremblait encor de crainte en te sachant vainqueur.
Mais que me sert, hélas ! cet exploit qui t'honore,

Cet Ilion détruit par les Grecs et par toi,
Si tu fuis, cher époux, l'épouse qui t'adore,
Comme aux jours où ses murs te retenaient encore?
Renversé pour les Grecs, il existe pour moi.
Déjà la moisson flotte à la place où fut Troie;
Le sol s'est engraissé du sang de ses héros;
Le soc, dont le vainqueur le déchire avec joie,
Brise leurs ossements, qui dorment sans tombeaux,
Et l'herbe croît déjà sur ces remparts si beaux,
Sur ces palais pompeux dont Vulcain fit sa proie.
Tu triomphes enfin, et ne m'apportes pas
    Les fruits sanglants de ta conquête!
Et j'ignore quel lieu me dérobe tes pas!
Dès que sur cette rive un étranger s'arrête,
    Je l'interroge, et n'apprends rien.
Je lui remets enfin ces mots pour te les rendre,
Si son vaisseau jamais peut rencontrer le tien,
    Ces mots, où le cœur le plus tendre
Implore ta présence, au moins ton entretien.
J'écris souvent à Sparte, à Pylos, à Larisse;
Sur ces bords, m'a-t-on dit, tu n'es point descendu.
    J'ai demandé partout Ulysse:
L'univers sur ton sort ne m'a rien répondu.
Imprudente! mes vœux hâtaient le sort de Troie:
Puisse-t-elle des Grecs braver encor les coups!
Ah! je saurais du moins où combat mon époux,
Je ne craindrais que Mars; et j'aurais cette joie
De ne pas gémir seule, et de voir d'autres cœurs,
Malheureux comme moi, partager mes frayeurs.
    J'ignore ce que je redoute,
Et je crains tout. Je crains que les périls divers,
Sans cesse renaissants sur la terre et les mers,
    Ne te retardent dans ta route.
Mais peut-être, tandis que ce cœur plein d'effroi
Cherche de ton retard les causes incertaines,
    Tandis que je tremble pour toi,
Quelque amour te retient sur des rives lointaines!
Peut-être à cet objet dont tu portes les chaînes
Contes-tu les défauts qui m'ont ravi ta foi;

Peut-être.... Je me trompe, Ulysse est plus fidèle ;
De toutes les vertus Ulysse est le modèle.
Il ne saurait trahir un cœur tel que le mien.
Oui, je crois mériter les sentiments du tien.
Mon père Icarius, lassé de ton silence,
      Parlant toujours pour tes rivaux,
Me presse de voler à des liens nouveaux,
Et de quitter un lit, sacré dans ton absence.
Je rejette toujours une cruelle loi.
De plaire, de changer, je ne suis point jalouse ;
Je fus à toi, jamais je ne serai qu'à toi ;
Et Pénélope enfin veut mourir ton épouse.
Voilà ce que je dis à mon père alarmé :
Mes discours et mes pleurs l'ont enfin désarmé.
      Mais, sortis des îles voisines,
Cent rivaux de leurs feux m'accablent chaque jour :
Amants usurpateurs, ils règnent dans ta cour.
Que dis-je ? Antinoüs, montant sur tes ruines,
Médonte, Polydor, tous ces lâches sujets,
Dont ta trop longue absence enhardit les projets,
Sèment dans tes États leurs fureurs intestines.
Irus lui-même, Irus, qui, par le sort frappé,
      Mendiait autrefois sa vie,
Aujourd'hui, dépouillant son maître et sa patrie,
Fatigue les regards de son faste usurpé.
Ils veulent tous ma main et le sceptre d'Ithaque ;
Nous ne sommes que trois dont le bras les défend :
Laërte, Pénélope, et ton fils Télémaque.
Mais que peut une femme, un vieillard, un enfant,
Un enfant que déjà leur fureur environne,
Pour s'ouvrir les chemins des autels et du trône !
      Hélas ! aux dieux, mes seuls soutiens,
Je demande toujours qu'achevant sa carrière,
      Ce fils, à notre heure dernière,
      Ferme tes yeux, ferme les miens.
Eumée et Philetès, confidents de mes larmes,
Me prêtent aux autels le secours de leurs vœux :
Des prières, des pleurs, voilà nos seules armes !
Télémaque, s'il vit, deviendra valeureux,

Sans doute ; mais, dans son aurore,
Des secours de son père il a besoin encore.
Et moi, puis-je chasser des tyrans dangereux ?
C'est en toi seul qu'Ithaque et ta famille espère.
Ulysse, reviens donc pour leur prêter ton bras ;
Reviens. Ton fils, brûlant de marcher sur tes pas,
Demande les leçons d'un père
Dans l'art de la parole et dans l'art des combats.
Sur le bord de la tombe, où l'attend le trépas,
Laërte veut ta main pour fermer sa paupière.
Pour moi, que tu quittas dans mes premiers beaux jours,
Si tu tardes, bientôt j'atteindrai la vieillesse ;
Et je n'aurai de ma jeunesse
Que le cœur qui t'aima toujours.

Page 30, vers 6.

Combien leurs sentiments les rendent magnanimes !

On ne saurait penser sans attendrissement et sans reconnaissance à l'attachement courageux, à la persévérance in-
fatigable que les femmes, en général, montrèrent à l'époque
de la Terreur pour les proscrits qui leur étaient attachés par
les nœuds de la nature, du cœur ou de l'hyménée. D'abord,
au nombre de quinze à seize cents, elles présentèrent à la
Convention une pétition en leur faveur. Depuis, dans toutes
les villes où l'on emprisonna, où l'on égorgea, il n'est pas
de périls que les femmes ne bravèrent, pas de sollicitations
qu'elles ne firent, pas de sacrifices qu'elles ne s'imposèrent,
pour sauver (ou pour voir et consoler les objets de leurs
affections ; et plus d'une fois, lorsqu'elles ne purent ni
obtenir leur liberté ni les défendre, elles partagèrent volon-
tairement leur captivité et leur trépas. Il m'eût été bien doux
de rendre hommage à toutes ces héroïnes en rappelant leurs
noms et les monuments de leur magnanimité ; mais comment
rassembler des faits innombrables ? J'en ai du moins recueilli
quelques-uns [1]. Ils suffiront pour attester la vérité de mes

1. On rencontrera dans la narration de ces faits les noms

vers et la bonté de ces anges consolateurs qui, dans des jours de crime, ont remplacé la Providence.

Mme Lefort, dans un des départements de l'Ouest, tremblait pour son mari incarcéré comme conspirateur. Elle acheta la permission de le voir. Au déclin du jour, elle vole le trouver avec des vêtements doubles; elle obtient de lui qu'ils changeront d'habillements, et qu'ainsi déguisé il sortira de la prison et l'y laissera. Le projet réussit; l'époux s'échappe. Le lendemain on découvre que sa femme a pris sa place. Le représentant lui dit d'un ton menaçant : *Malheureuse, qu'avez-vous fait?* — *Mon devoir*, répondit-elle, *fais le tien.*

Un semblable stratagème arriva à Lyon, quand cette cité valeureuse, forcée de se soumettre à ses vainqueurs, devint le théâtre des plus barbares exécutions. Un des habitants allait être saisi : sa femme l'apprend; elle se hâte de l'avertir, lui donne son argent, ses bijoux, le contraint de s'éloigner, et se couvre des habits de cet époux menacé. Les sicaires arrivent, et le demandent; la femme, vêtue comme lui, se présente; on la conduit au comité. Bientôt l'erreur est reconnue. On l'interroge sur son mari : elle répond qu'elle l'a fait fuir, et qu'elle se glorifie de s'être exposée pour lui sauver la vie. On lui présente l'image du supplice, si elle ne révèle la route qu'il a prise : *Frappez quand il vous plaira*, répond-elle, *je suis prête*. On ajoute que l'intérêt de la patrie lui commande de parler; elle s'écrie : *La patrie ne commande pas d'outrager la nature.*

Des agents de Robespierre furent envoyés à la Ferté-sous-Jouarre pour s'emparer de M. Regnard, ancien maire de cette ville. On l'accusait de s'être montré trop respectueux pour le roi revenant de Varennes, que sa place lui prescri-

---

de la Bourbe, de la Conciergerie, du Plessis, du Luxembourg, de l'Abbaye, de la rue de Sèvres, de Port-Libre : c'étaient des maisons d'arrêt de Paris.

vait de recevoir. Sa femme essaya de le justifier auprès des commissaires ; mais, croyant voir dans leurs yeux la mort certaine de son mari, elle passa désespérée dans son appartement. Là elle déposa tout ce qu'elle avait de précieux sur elle, courut au bout de son jardin qui donnait sur la Marne, et se précipita dans cette rivière. M. Regnard n'apprit qu'au Luxembourg la fin déplorable d'une épouse qui méritait tous ses regrets par son attachement et son esprit.

Paris vit, comme les départements, se multiplier les prodiges de la tendresse conjugale.

Mme Lavalette, détenue à la Bourbe avec son mari, est instruite qu'il se rend au tribunal : elle court vers lui, s'attache à son cou, enlace ses jambes dans les siennes, et supplie le guichetier de les laisser partir ensemble. On lui refusa cette triste faveur.

Mme Davaux l'obtint. Son mari, autrefois lieutenant général du présidial de Riom, avait été arrêté dans cette ville, et devait être transféré à la Conciergerie ; il gémissait sous le poids de l'âge et des infirmités. Mme Davaux prévit le sort dont il était menacé, et voulut partager le sanglant sacrifice. Elle n'avait contre elle aucun mandat d'arrêt, et, libre, elle s'élança sur la voiture qui conduisait à Paris les prisonniers des départements. A leur arrivée, elle fut renfermée comme eux, et périt quelques mois après sur l'échafaud, à côté de son époux qu'elle tenait embrassé.

Mme Lavergne, femme du commandant de Longwy, éleva pour lui la voix au tribunal révolutionnaire, lorsqu'il y fut interrogé sur la reddition de cette place. Effort impuissant ! sa sentence fut prononcée devant elle. Elle n'écouta plus que le désespoir ; il suffisait de proférer le cri de « Vive le roi » pour être immolé : elle en fit retentir la salle. En vain les juges voulurent la regarder comme aliénée ; elle s'obstina à répéter ce cri favorable à sa résolution, jusqu'à ce qu'elle obtînt d'être elle-même condamnée.

8

Mme Roland, femme du ministre, le défendit à la barre de la Convention avec autant de fermeté que d'éloquence. Arrêtée et ne pouvant plus lui être utile, elle lui légua l'exemple d'une mort intrépide par le calme avec lequel elle marcha à l'échafaud.

Mme Clavière [1], femme d'un autre ministre républicain, s'exposa vingt fois, après le 31 mai, à être mise en arrestation par les démarches qu'elle fit pour son mari détenu. Il dédaigna de paraître au tribunal de sang où l'attendaient ses ennemis, et se plongea un couteau dans le cœur, en prononçant ces vers de Voltaire :

> *Les criminels tremblants sont traînés au supplice ;*
> *Les mortels généreux disposent de leur sort.*

Mme Clavière reçoit cette nouvelle ; elle met ordre à ses affaires, et se tue avec la tranquillité de Socrate.

On déposa au Plessis des malheureux amenés à Paris pour y être jugés. L'un d'eux avait une femme jeune et belle, qui ne s'était point séparée de lui. Comme elle se promenait dans la cour avec les autres prisonniers, on appela son mari au guichet. Elle pressent que c'est le signal de sa perte ; elle veut le suivre. Le geôlier s'y oppose ; mais, forte de sa douleur, elle renverse tout, elle se précipite dans les bras de son mari, elle s'attache à lui pour avoir au moins la triste douceur de partager son sort. Des gardes les séparent. *Barbares!* leur dit-elle, *je n'en mourrai pas moins.* En même temps elle s'élance vers la porte de fer de la prison, s'y brise la tête, et tombe expirante.

On avait conduit le maréchal de Mouchy au Luxembourg ; à peine y était-il que sa femme s'y rend. On lui représente que l'acte d'arrestation ne fait pas mention d'elle ; elle répond : *Puisque mon mari est arrêté, je le suis aussi.*

---

1. Extrait d'un excellent écrit de M. Riouffe, intitulé *Les Mémoires d'un détenu.*

Il est traduit au tribunal révolutionnaire ; elle l'y accompagne. L'accusateur public l'avertit que l'on ne l'a pas mandée ; elle répond : *Puisque mon mari est mandé, je le suis aussi.* Enfin il reçoit son arrêt de mort ; elle monte avec lui dans la charrette meurtrière. Le bourreau lui dit qu'elle n'est point condamnée : *Puisque mon mari est condamné, je le suis aussi.* Telle fut son unique réponse.

Si l'hymen, dans ces temps horribles, fit tout pour les malheureux, on juge que l'amour, plus exalté, plus impétueux, ne se laissa pas vaincre en générosité. La maîtresse d'un négociant de Toulouse en donna un exemple.

La commission révolutionnaire de cette ville l'avait condamné ; il était nuit lorsque l'on prononça son arrêt : l'exécution fut donc remise au lendemain. Sa maîtresse apprend ce délai, et se dispose à en profiter pour le soustraire aux bourreaux. Une maison non habitée touchait au lieu où il devait passer la nuit : sa maîtresse, qui, dans le cours de son affaire, avait tout vendu pour répandre l'or en sa faveur, achète sur-le-champ cette maison. Elle y vole, suivie d'une femme de chambre dont elle était sûre. Elles percent toutes deux le mur contigu à la prison, et y font une ouverture assez grande pour donner une issue au captif qu'elles veulent délivrer ; mais les environs étaient remplis de gardes : comment le dérober à leurs yeux ? Un déguisement militaire, que cette prévoyante amie avait apporté, favorise son évasion. Elle-même, vêtue en gendarme, le guide parmi les sentinelles. Ils traversent ainsi la ville sans être reconnus, et passèrent même devant la place où l'on dressait déjà l'instrument qui devait trancher des jours que l'amour sut conserver.

L'amour sauva aussi un jeune homme de Bordeaux, jeté dans l'une des prisons de cette ville. L'air malsain qu'il y respira avait altéré sa santé ; il fut transféré à l'hôpital. Une jeune sœur, nommée Thérèse, se vit chargée de lui donner des soins. Il était d'une figure charmante, et y joignait les avantages de la naissance et de la fortune. Il l'intéressa d'abord par la douceur de sa physionomie; et, lorsqu'il lui eut raconté ses malheurs et ses craintes, la compassion acheva ce qu'un tendre intérêt avait commencé. Elle résolut de le faire évader. Après lui avoir communiqué ce dessein, sans lui avouer son penchant, elle lui recommanda de simuler des convulsions violentes, et de feindre enfin l'état de mort. Le jeune homme exécuta le stratagème convenu. La sœur Thérèse, selon l'usage, étendit sur sa tête le drap de son lit. Le médecin passa devant lui à l'heure accoutumée; elle lui annonça que le malade venait d'expirer; il s'éloigna sans soupçonner qu'elle le trompait. Le soir arrivé, la sœur Thérèse supposa que le prétendu mort était réclamé pour l'instruction des élèves, et le fit transporter à la salle de dissection. Dès qu'il y fut rendu, elle le couvrit des habits d'un chirurgien qui était dans leur secret, et, à la faveur de ce vêtement, il s'échappa sans être remarqué. La ruse ne fut découverte que le lendemain. On interrogea la sœur Thérèse, qui ne se permit aucune dissimulation, et imposa tellement par sa franchise qu'elle fut épargnée. Cependant elle avait inspiré un sentiment encore plus vif que celui qu'elle éprouvait; le jeune Bordelais l'engagea à venir le trouver dans son asile, et là, tombant à ses pieds, il la conjura d'embellir l'existence qu'il lui devait, en consentant à devenir son épouse. On juge qu'elle ne refusa pas; elle recevait le bonheur en le donnant. Ils s'enfuirent tous deux en Espagne, où ils se marièrent.

Une veuve à la fleur de l'âge déploya pour son amant, incarcéré dans un département du Nord, une énergie dont le succès ne fut pas aussi heureux. A la première nouvelle de sa détention, elle courut solliciter sa délivrance: on la repoussa; elle demanda à le voir, ou à être renfermée avec lui: on lui refusa tout. Elle vola vers sa prison, qui donnait sur la rue, et y attendit l'occasion de l'apercevoir; il parut à une fenêtre: on sent ce qu'éprouvèrent alors ces amants. Elle vint ainsi pendant quelque temps affronter la pluie, le vent et les sentinelles, pires que toutes les injures de l'air, pour obtenir une courte entrevue [1]. Mais un jour, au moment où elle arrivait, quel spectacle frappe ses yeux! Une charrette partant pour le supplice, et son amant lié avec plusieurs autres victimes. A cet aspect, elle se précipite sur les chevaux, veut les arrêter, appelle le peuple à son secours, le supplie d'empêcher la mort de ce qu'elle aime. Les satellites la saisissent; elle cherche à se dégager de leurs mains pour revoler vers l'infortuné qu'on entraîne : toujours retenue par eux, elle leur reproche leur lâche obéissance à des tigres; elle les conjure de l'unir au sort de ce qu'elle a de plus cher au monde. Ils veulent l'éloigner; alors elle saisit le sabre de l'un d'eux, et se le plonge dans le cœur. Son sang jaillit; la multitude s'émeut, les soldats restent stupéfaits; l'amant est éperdu, ses compagnons d'infortune oublient le coup qui les attend, pour ne s'occuper que de son affreuse position. Cependant les municipaux accourent et font enlever le cadavre. La voiture homicide arrive à sa cruelle destination; les condamnés tombent sous la hache; et le souvenir du suicide de cette amante magnanime va se perdre dans les torrents de sang que chaque jour voit couler.

Mme C...r ne put également prouver son amour à M. Boyer qu'en mourant avec lui. Ils étaient détenus ensemble à Paris. Un jour M. Boyer est cité au tribunal

---

1. Il en fut de même à Paris. Tous les jours, dans toutes les saisons, le jardin du Luxembourg était rempli de femmes qui, malgré l'excès de la chaleur ou du froid, venaient y passer la matinée pour entrevoir un instant aux fenêtres, ou sur les toits du bâtiment, leurs frères, leurs pères, leurs maris enfermés, pour leur adresser ou recevoir d'eux un regard, un geste, un témoignage d'attachement et de regret. Quelques-unes firent plus : en dehors d'autres prisons où des égouts correspondaient, elles se penchèrent sur ces eaux infectes pour entretenir un ami, un parent, et les rassurer par les protestations les plus tendres contre la défiance trop naturelle au malheur.

comme témoin. Ses compagnons d'infortune sentirent qu'ils ne le reverraient plus, et tous les yeux se portèrent sur sa maîtresse. Elle parut fort calme ; elle s'enferma pour écrire. Un de ses amis, craignant que cette tranquillité apparente ne cachât un projet sinistre, épia ses démarches, et intercepta une lettre qu'elle avait écrite à l'accusateur public. Cette lettre lui apprit tout ce qui se passait dans cette âme brûlante. Mme C...r y faisait des vœux pour le retour de la royauté : c'était demander la mort ; elle l'attendait. Mais, ne recevant pas de nouvelles, elle craignit que sa lettre ne fût point parvenue : elle en écrivit une autre, et prit ses mesures pour qu'elle arrivât. Cependant on lui cachait les journaux, parce que son amant était sur la liste des suppliciés : elle dit à ses amis : *Je sais qu'il n'est plus ; ne me déguisez rien, j'ai du courage.* On lui avoua qu'elle avait tout perdu. Elle reçut ce dernier coup avec la plus grande fermeté, et se retira une seconde fois dans son appartement. Là elle relut toutes les lettres de son amant, s'en fit une ceinture, et passa le reste de la nuit à le pleurer. Le lendemain, elle s'habilla avec recherche, et, à l'heure du déjeuner, comme elle était à table avec les autres prisonniers, elle entendit la cloche. *C'est moi que l'on vient chercher,* s'écria-t-elle avec joie : *adieu, mes amis, je suis heureuse, je vais le suivre !* A ces mots, elle coupa ses beaux cheveux, les partagea entre ses amis, donna ensuite à l'un une bague, à l'autre un collier, et les quitta après les avoir priés de jeter quelquefois un regard sur ses présents. Elle vola au tribunal. On lui demanda si elle était l'auteur de la lettre qui l'y faisait appeler : *Oui, cruels, c'est moi qui vous l'ai adressée ; vous avez assassiné mon amant, frappez-moi à mon tour, je vous apporte ma tête.* Arrivée sur l'échafaud, elle s'écria : *C'est ici qu'il a péri, hier, à la même heure ; je vois son sang, bourreau, viens y mêler celui de son amante.* Après avoir prononcé ces mots, elle se livra au fer assassin, en répétant jusqu'au dernier moment le nom qu'elle adorait.

Une autre femme se signala, après le trépas de son amant, par un transport d'un caractère différent, mais qui n'est pas moins tendre.

Elle avait assisté à l'exécution de l'infortuné qui lui était si cher. Elle suit sa dépouille jusqu'au lieu où l'on devait l'ensevelir avec d'autres cadavres. Là elle flatte la cupidité du fossoyeur pour en obtenir la tête d'une victime chérie. « Des yeux où *régnait* l'amour, et que la mort vient d'éteindre, la plus belle chevelure blonde, les grâces de la jeunesse flétries par le malheur : voilà, dit-elle, l'image de celui que je viens chercher. Cent louis seront la récompense de ce service. » La tête est promise. Elle revient seule et tremblante la prendre dans un voile précieux. Mais la nature fut moins forte que l'amour : cette sensible amante, épuisée des combats qu'elle éprouvait, tomba au coin de la rue Saint-Florentin, et laissa voir aux yeux effrayés son secret et son dépôt. Elle fut envoyée au tribunal révolutionnaire, qui lui fit un crime de l'action qui aurait dû l'attendrir; et elle marcha bientôt au supplice, heureuse de l'espoir de retrouver dans un meilleur monde l'objet qui lui avait inspiré un délire si passionné[1]

Il est un effort encore plus beau que de s'immoler pour l'amant dont on est aimé, c'est de mourir pour un infidèle. L'histoire de Mme C.... présente cet excès de grandeur d'âme.

Un jeune homme en fut longtemps épris, et en avait obtenu le plus tendre retour; mais, quoique toujours adoré, il l'abandonna pour Mme B...., dont l'amabilité pouvait faire excuser cette inconstance. Il est arrêté dans un département, ainsi que Mme C.... Réunie du moins par l'infortune à son volage amant, elle pardonne à sa rivale, et lui écrit même les lettres les plus affectueuses. Cependant les deux captifs apprennent que l'on a donné l'ordre de les transférer à Paris. Révoltés de périr sous la main d'un bourreau, ils marquent à Mme B.... de se trouver, munie de poison, tel jour, à telle heure, au passage de la galiote. Mme B.... se croit obligée de remplir leur dernière volonté. Elle se rend au jour, à l'heure, au lieu indiqués, courant mille fois le risque de se perdre elle-même. Son zèle fut trompé : on avait fait prendre la poste à ces malheureux amis, et déjà ils étaient à la Conciergerie. Nul moyen de parvenir jusqu'à eux. Le jeune homme, qui désirait voir encore une fois celle qu'il préférait, écrit à Mme B.... de paraître sur son passage le jour de l'exécution. Ce jour arrive. Mme B.... recueille toutes ses forces, et se traîne rue Saint-Honoré. Cependant Mme C...., sûre de n'être plus séparée de celui dont l'image n'était jamais sortie de son cœur, le console; et pour elle seule, au milieu d'une foule de victimes consternées, l'attente du supplice est le moment du bonheur. Le char de la mort traverse la rue Saint-Honoré. Mme B...., attachée aux barreaux d'une fenêtre, voit son amant enchaîné et sa rivale à ses côtés. Tous deux, par des signes de tête, lui font les adieux les plus touchants. Le jeune homme la regardait avec des yeux où se peignait la douleur de la quitter; la femme, au contraire, le visage rayonnant, semblait lui dire : *Je suis plus heureuse que toi, je vais vivre éternellement avec lui.* Ils disparaissent : Mme B.... tombe évanouie; et, quand elle revint à elle, ses amis n'étaient plus.

La tendresse fraternelle inspira aussi des sacrifices dignes d'être placés à côté de ceux de l'amour et de l'hymen.

Mlle Maillé, détenue rue de Sèvres, s'immola pour sa belle-sœur. Elle s'était rendue dans la cour avec les autres prisonniers pour y entendre l'appel des accusés : son nom est prononcé, elle s'avance, mais elle fait remarquer que, le prénom n'étant pas le sien, ce n'est pas d'elle qu'il s'agit. On lui demande si elle sait quelle est la personne désignée (c'était sa belle-sœur), elle garde le silence. On lui ordonne de révéler sa retraite. *Je ne désire pas la mort,* répond-elle, *mais je la préfère mille fois à la honte de me sauver aux dépens d'une autre : je suis prête à vous suivre.*

Madame Élisabeth pouvait échapper aux dangers qui menaçaient les Bourbons, en rejoignant ceux de ses frères qui sortirent de France : elle aima mieux s'oublier elle-même pour ne pas abandonner le plus malheureux. Elle mourut bientôt après lui avec le calme d'une âme douce et pure. Dans la voiture qui la menait au supplice, son fichu tomba.

Exposée en cet état aux regards de la multitude, elle adressa au bourreau ce mot mémorable : *Au nom de la pudeur, couvrez-moi le sein.*

Après la reddition de Lyon, une jeune fille entra désespérée dans la salle où la commission siégeait, et s'écria : *Il ne me restait de toute ma famille que mes frères; vous venez de les faire fusiller : de grâce, commandez que je périsse avec eux.* Elle pressait les genoux des juges en leur adressant cette triste prière. On la refusa. Elle courut se jeter dans le Rhône.

Dans la même ville, à la même époque, cinq prisonniers s'échappèrent d'un cachot appelé la *Mauvaise Cave*; ce furent les sœurs du jeune Porral qui leur en facilitèrent les moyens. Elles donnèrent une partie de leur fortune pour pénétrer jusqu'à leur frère, et firent, au milieu des plus grands dangers, plusieurs voyages pour lui apporter les instruments nécessaires à son évasion. Le jeune Porral s'en servit avec autant de bonheur que de hardiesse, et vint bientôt, avec ses quatre compagnons, remercier ses sœurs, qui l'aidèrent encore à se dérober aux recherches qu'occasionna le bruit de sa fuite.

La France presque entière était devenue une arène sanglante où tous les sentiments se disputaient le dangereux honneur d'être utile à l'infortune; mais la piété filiale, en se dévouant à sa défense, acquit peut-être un nouveau degré d'intérêt par le contraste de l'héroïsme avec la jeunesse et l'innocence.

Mlle de Bussy et Mlle de Brion, âgées, l'une de quinze ans, l'autre de dix-neuf, avaient toutes deux accompagné leurs mères en prison. Elles n'étaient point écrouées, elles pouvaient sortir : elles préférèrent partager leur captivité; et, lorsque le décret qui expulsait de Paris la caste nobiliaire les força de s'en séparer, elles versèrent des torrents de larmes; et, tous les jours, dans ces campagnes où elles jouissaient d'un air plus pur, on les entendit regretter l'insa-

lubrité de l'horrible demeure d'où la violence les avait arra-
chées.

On a vu également Mme Grimoard, maintenant Mme Po-
tier, témoigner à sa mère, Mme Lachabaussière, le plus
touchant empressement. Elle avait été envoyée dans une
prison différente : elle sollicita, quoique enceinte, sa trans-
lation à Port-Libre, pour être auprès de sa mère et lui
rendre tous ses soins ; mais elle la trouva enfermée au secret,
et traitée avec la plus grande barbarie. Témoin de cette
cruauté, elle en fut tellement affectée que son esprit s'aliéna
par intervalles ; elle devint la Nina de la nature. Elle né-
gligeait le soin de se parer ; ses cheveux flottaient toujours
epars. Dans son égarement, qui attendrissait tous les cœurs,
tantôt, fixée à une place, ses yeux se promenaient autour
d'elle, et ne voyaient personne ; son sein exhalait des gé-
missements, sa figure et son corps se tourmentaient de convulsions ; tantôt elle se levait avec précipitation, parcourait
les corridors, allait s'asseoir sur les degrés de la porte du
cachot de sa mère. Là elle écoutait longtemps ; et, si aucun
bruit ne frappait son oreille, elle soupirait, elle pleurait, elle
s'écriait douloureusement et à demi-voix : *O ma mère, ma
tendre, ma malheureuse mère !* Si elle l'entendait marcher,
ou faire quelques mouvements, elle s'entretenait avec elle ;
et, pour prolonger le pénible plaisir de cette conversation,
elle restait des heures entières étendue sur le seuil. Elle ne
se bornait point à des paroles, elle portait tous les jours à
sa mère une partie de sa subsistance : c'était lui porter la
vie, car souvent on oubliait cette infortunée. Mais, lorsqu'elle venait demander au geôlier l'ouverture du cachot,
par combien de refus grossiers, de propositions dégoûtantes,
d'insolentes plaisanteries, il fallait l'acheter ! N'importe, elle
souffrait tout pour offrir quelque nourriture à sa mère, pour
l'embrasser quelques instants. On eût dit que la sollicitude
maternelle avait passé tout entière dans l'âme de cette fille
sensible.

Le même éloge est dû à Mlle Delleglace. Son père, en-
voyé d'un cachot de Lyon à la Conciergerie, partait pour

Paris. Elle ne l'avait pas quitté ; elle demanda au conduc-
teur d'être admise dans la même voiture. Elle ne put l'obtenir ; mais le cœur connaît-il des obstacles ? Quoiqu'elle
fût d'une constitution très faible, elle fit le chemin à
pied, elle suivit pendant plus de cent lieues le chariot où
M. Delleglace était traîné, et ne s'en éloignait que pour
aller dans chaque ville lui préparer des aliments, et le soir
mendier une couverture qui facilitât son sommeil dans les
différents cachots qui l'attendaient. Elle ne cessa pas un
moment de l'accompagner et de veiller à tous ses besoins,
jusqu'à ce que la Conciergerie les eût séparés. Habituée à
fléchir les geôliers, elle ne désespéra point de désarmer des
oppresseurs. Pendant trois mois, elle implora, tous les
matins, ceux des membres du comité de salut public qui
avaient le plus d'influence, et finit par vaincre leurs refus.
Elle reconduisait son père à Lyon, fière de l'avoir délivré ;
mais le Ciel ne lui permit pas de jouir de son ouvrage. Elle
tomba malade dans la route, épuisée de l'excès de fatigue
à laquelle elle s'était livrée, et perdit la vie, qu'elle avait
sauvée à l'auteur de ses jours.

Mlle de La Rochefoucauld montra autant de courage
pour son père. Elle avait été condamnée avec lui dans la
guerre de la Vendée ; mais elle sut le dérober à l'exécution.
Elle le cacha chez un artisan, jadis leur domestique, et
chercha ailleurs un asile pour elle. Tous deux vivaient ainsi
à l'abri des bourreaux ; mais, comme leurs biens étaient
confisqués, et que la pitié est prompte à se lasser, leurs ressources s'épuisèrent en peu de temps. Mlle de La Rochefoucauld apprend que son père va succomber au besoin :
réduite à la même extrémité et ne pouvant le secourir, elle
se dévoue pour lui. Un général républicain passait alors
dans la ville où elle s'était réfugiée : elle l'instruit, dans la
lettre la plus pathétique, de la situation déplorable de son
père, et lui offre de se présenter pour subir l'arrêt prononcé
contre elle, s'il s'engage à donner un prompt secours à ce
vieillard expirant. Le guerrier vole la trouver ; mais ce n'est
pas un ennemi qu'elle voit en lui, c'est un protecteur. Il
secourut le père, sauva la fille, et, après le 9 thermidor,

les fit rentrer dans leur fortune en obtenant la révision de leur jugement.

Le trait de la jeune Bois-Béranger est aussi admirable, et peut-être encore plus attendrissant. Sa mère, son père et sa sœur avaient reçu leur acte d'accusation ; elle seule semblait avoir été oubliée des meurtriers de sa famille. Combien cette funeste préférence lui coûta de larmes ! Elle disait, dans son désespoir : *Je suis donc condamnée à vous survivre ! nous ne mourrons pas ensemble !* Elle s'arrachait les cheveux ; elle embrassait tour-à-tour sa mère, sa sœur, son père ; elle les baignait de ses pleurs, et répétait avec amertume : *Nous ne mourrons donc pas ensemble !* L'acte d'accusation si désiré arrive : plus de regrets, plus de larmes ; elle fait éclater les transports de sa joie. Elle embrasse de nouveau ses parents, en s'écriant : *Nous mourrons ensemble !* On eût dit qu'elle tenait dans ses mains leur liberté et la sienne. Elle se para comme pour un jour de fête ; elle coupa elle-même les tresses de sa belle chevelure. Au sortir de la Conciergerie, elle pressait dans ses bras sa malheureuse mère, dont l'abattement était le seul chagrin qu'elle éprouvait ; enfin elle soutint jusqu'à l'échafaud son courage affaibli. *Consolez-vous, lui disait-elle, consolez-vous ; n'êtes-vous pas heureuse ? Vous n'emportez pas le moindre regret dans le tombeau ; toute votre famille vous accompagne, et vous allez recevoir la récompense que méritent vos vertus.*

Il est plusieurs femmes à qui l'humanité seule inspira ce noble mépris de la vie, que d'autres montrèrent par attachement à des liens sacrés.

Quelque temps après le 31 mai, M. Lanjuinais, mis hors la loi, vint se réfugier à Rennes, chez sa mère, qui n'avait à son service qu'une ancienne femme de chambre. Il crut devoir déguiser la vérité à cette dernière ; mais un jour il lit dans les papiers publics que le député Guadet a été exécuté à Bordeaux, et que l'on a enveloppé dans sa proscription tous ceux de ses amis qui l'avaient reçu, et même les domestiques qui n'avaient pas déclaré son asile. M. Lanjuinais voit le péril où sa présence jette la femme attachée à sa mère, et il se décide, au risque de sa vie, à l'y soustraire. Il lui révèle sa position, l'avertit de ce qu'elle doit craindre, et l'engage à s'éloigner, en lui recommandant le silence. Elle lui répond qu'elle ne l'abandonnera pas quand il est en danger, et qu'il lui importe peu de mourir si elle doit le perdre. Il lui fait des représentations : toutes sont inutiles ; elle réclame avec instance le bonheur de rester près de ses maîtres jusqu'au dernier moment. Lanjuinais, pénétré, se laissa vaincre, et parvint à gagner, par l'adresse de cette femme, l'époque de la chute de Robespierre, où elle recueillit, dans le salut du fils de sa maîtresse, le prix de sa vertueuse obstination.

Marie, servante dans une maison d'arrêt de Bordeaux, inspira de la confiance à deux jeunes gens par la douceur avec laquelle elle traitait ceux qui y étaient enfermés. Ils s'adressèrent à elle pour s'évader. Elle consentit à leur en fournir les moyens. Au moment de sortir, ils lui offrirent chacun un assignat de cinq cents francs, comme un témoignage de leur reconnaissance. Elle s'en offensa, et leur dit : *Vous ne méritez pas que je vous sois utile, puisque vous m'estimez assez peu pour imaginer qu'un vil intérêt me guide.* Ils eurent beau lui faire observer qu'ils ne lui proposaient cette somme que pour qu'elle échappât sans craindre les besoins, si elle était soupçonnée d'avoir participé à leur fuite ; ils virent bientôt qu'il fallait ou ne plus lui parler d'argent, ou renoncer à accepter son secours. Ils s'abandonnèrent enfin à elle, en lui demandant quel gage ils pouvaient lui laisser de leur sensibilité : *Embrassez-moi,* leur répondit-elle, *je ne veux pas d'autre récompense.*

Dans la ville de Brest, un inconnu entra chez Mme Ruvilly pour lui demander un asile contre la proscription. C'était un vieillard de quatre-vingts ans. Née avec une âme compatissante, elle ne s'informa pas de son existence, elle n'examina pas le danger qu'il lui apportait ; il était malheureux, ce titre lui suffit : elle s'empressa de le cacher, et lui prodigua les soins les plus attentifs. Deux jours après, le vieillard vient prendre congé d'elle. Mme Ruvilly, qui avait eu la délicatesse de ne pas le questionner, lui témoigne sa surprise. Il lui avoue qu'il est prêtre, et que, voué par ce nom seul à la persécution, il craint qu'un plus long séjour ne l'attire sur elle. *Souffrez*, poursuit-il, *qu'en m'éloignant je vous délivre du danger de m'avoir recueilli, et m'épargne à moi-même la douleur de vous entraîner dans ma ruine. — Mais dans quel lieu vous retirerez-vous?* lui dit Mme Ruvilly. — *Dieu y pourvoira*, répond-il. — *Quoi!* s'écrie-t-elle, *vous n'avez pas de retraite, et vous voulez que je vous laisse partir! Non : plus votre état vous expose, plus vous m'intéressez. Attendez, de grâce, dans cette maison, un moment plus tranquille.* Le vieillard refusa, et, malgré les instances les plus vives, resta vainqueur dans ce combat de générosité. Mme Desmarets, sœur de Mme Ruvilly, se trouvait alors chez cette dernière ; elle fut témoin de cette scène touchante, et garda le secret. Mais la tyrannie a les yeux toujours ouverts : elle surprit bientôt les traces de cet acte hospitalier. Mme Ruvilly s'applaudit, devant ses juges, du service qu'elle avait rendu, et ne parut affligée que de voir sa sœur condamnée avec elle pour ne l'avoir pas dénoncée. Ces deux femmes subirent leur sort, fières d'être punies pour une action généreuse.

Mme Payssac, habitante de Paris, fit plus que donner l'hospitalité, elle l'offrit. L'estimable Rabaud de Saint-Étienne fut mis hors la loi après le 31 mai ; Mme Payssac vint lui proposer un asile dans sa maison. En vain il lui fit sentir l'étendue des dangers où il la jetterait en acceptant ; elle insista avec toute l'énergie d'une belle âme, et parvint à triompher de ses refus. Cependant il fut découvert chez elle ; et, bientôt après, elle le suivit au supplice avec le courage qu'elle avait montré lorsqu'elle en affronta le péril.

Le célèbre Condorcet était poursuivi à cette affreuse époque. Une femme de ses amies lui fit également la proposition de le cacher. Il refusa en s'écriant : *Vous seriez hors la loi. — Eh! reprit-elle, suis-je hors l'humanité?* Cette réponse ne le détermina pas. Quelque temps après, on le trouva tué de ses propres mains dans un village voisin de Paris.

Mᵐᵉ Le Jay réussit mieux ; elle recueillit M. Doulcet de Pontécoulant, et son zèle fut si ingénieux qu'elle sauva sa vie et la sienne.

La nièce d'un sacristain de Bruxelles eut le même bonheur, en secourant un Français qui s'y était réfugié dans nos jours sanguinaires. C'était après la bataille de Fleurus, lorsque nos troupes rentrèrent dans la Belgique. Menacé d'être pris dans Bruxelles, il fuyait ; une jeune fille, assise devant une porte, et entraînée par le seul intérêt qu'inspire un malheureux, l'arrêta en lui criant : *Vous êtes perdu si vous allez plus loin ! — Si je retourne, je le suis également !* — *Hé bien*, reprit-elle, *entrez ici.* Il accepta. Après lui avoir appris qu'elle le recevait dans la maison de son oncle, qui ne lui permettrait pas de le sauver s'il en était instruit, elle le conduisit dans une grange où il se cacha. A peine il faisait nuit que quelques soldats vinrent s'y livrer au sommeil. La nièce les suivit sans en être aperçue, et, dès qu'ils furent endormis, elle en profita pour tirer le Français de ce lieu trop peu sûr ; mais, comme il s'échappait, un d'eux se réveilla, et le saisit par la main. A ce mouvement elle s'élança entre eux, en disant : *Lâchez-moi donc ! c'est moi qui viens....* Elle n'eut pas besoin d'achever : le soldat, trompé par la voix d'une femme, abandonna son captif. Elle mena ce dernier jusqu'à sa chambre ; là elle prit les clefs de l'église, et, une lampe à la main, elle la lui ouvrit. Ils arrivèrent à une chapelle que les ravages de la guerre avaient dépouillée de ses ornements. Derrière l'autel était une trappe difficile à apercevoir. Dès qu'elle l'eut levée : « Vous voyez, lui dit-elle, cet escalier sombre, c'est celui d'un caveau qui renferme les restes d'une famille illustre ; il est probable que l'on ne vous soupçonnera pas dans ce lieu. Ayez le courage d'y demeurer jusqu'à ce qu'il se présente un moment favorable à votre évasion. » Il ne balance pas ; il descend avec confiance. O surprise ! les premiers objets qu'il aperçoit, à la clarté de la lampe, sont les

armes de sa famille, originaire de ce pays ! Il reconnaît les
tombeaux de ses aïeux ! il les salue avec respect ; il touche
avec attendrissement ces marbres chéris. La nièce le laisse
au milieu de ces impressions. Leur douceur et surtout l'espérance de retrouver une épouse qu'il adorait lui firent
oublier quelque temps l'horreur de son habitation ; mais
deux jours s'étaient passés, et il ne voyait pas revenir sa
libératrice. Il ne sut qu'imaginer : tantôt il craignait qu'elle
n'eût été victime de ses services ; tantôt il tremblait qu'elle
ne l'eût oublié. Le besoin de la faim se joignit à ces idées
effrayantes ; et il n'eut plus devant les yeux que l'image
d'une mort plus horrible que celle qu'il avait évitée. Ses
forces s'épuisèrent, il tomba presque sans connaissance sur
le cercueil d'un de ses ancêtres. Cependant un bruit se fit
entendre : c'était la voix de la sensible nièce qui l'appelait ;
accablé par la joie comme par la faiblesse, il ne put ré-
pondre : elle le crut mort, et laissa retomber la trappe en
gémissant. Le malheureux, épouvanté, fit un effort, poussa
un grand cri ; elle l'entendit, et accourut. Elle se hâta de
lui présenter des aliments, lui expliqua la cause de ses re-
tards, et l'assura que ses précautions étaient si bien prises,
que désormais elle ne lui en ferait plus éprouver. Elle venait
de le quitter, lorsqu'un cliquetis d'armes frappa son oreille :
elle rentra précipitamment dans le caveau, en recommandant au Français de garder le silence. C'étaient en effet des
hommes armés que le sacristain, accusé d'avoir introduit un
émigré dans l'église et ignorant l'imprudence de sa nièce,
y conduisait pour qu'ils fissent leurs perquisitions. Rien
n'échappa à leurs regards ; ils visitèrent partout ; ils mar-
chèrent même sur la fatale trappe. Quel moment pour les
deux captifs ! Chaque pas qui l'ébranlait répondait à leur
cœur, et leur semblait être l'approche de leur dernier moment. Cependant le bruit s'éloigna peu à peu et finit par
se dissiper entièrement. La nièce sortit, encore inquiète,
parcourut l'église, y trouva une profonde solitude, revint
rassurer le Français alarmé, et se retira. Le lendemain, les
jours suivants, elle lui apporta exactement sa nourriture ; il
resta ainsi longtemps dans ce souterrain sous la garde de
cette fille attentive. Un moment de tranquillité arriva ; elle

l'en avertit. Il dit un adieu tendre et respectueux aux mânes de ses ancêtres, qui l'avaient protégé, sortit de ce tombeau vivant, gagna la campagne, et rejoignit bientôt une épouse dont la présence et l'amour lui firent encore plus apprécier le bienfait de sa généreuse libératrice.

Page 30, vers 22.

Pour les jours d'un époux vertueuse adultère.

Ce n'est point une exagération poétique, c'est encore la vérité. Que l'on consulte surtout les procès de Carrier et de Joseph Lebon, on s'assurera que plusieurs femmes furent obligées, pour racheter la vie d'un père ou d'un mari, de s'abandonner à la lubricité de ces barbares ; et je crois que rien ne mérite plus le nom de vertu que ce sacrifice de la vertu même, que ce supplice effroyable d'assouvir, pour le salut d'un objet chéri, les transports de monstres dégouttants de meurtres et de forfaits.

Page 31, vers 9.

Sombreuil vient, éperdue, affronter le carnage.

Cette belle action de Mlle de Sombreuil au milieu des massacres de septembre est trop connue pour que j'entre dans de longs détails. Il est juste pourtant que je rappelle ici, comme une nouvelle preuve de son dévouement, un fait que je n'ai pu placer dans mes vers. Un des meurtriers mit à la délivrance de M. de Sombreuil la condition qu'elle boirait un verre de sang. L'amour filial lui donna la force de céder à cette horrible proposition. Depuis cette époque, Mlle de Sombreuil eut des convulsions fréquentes, et dont le retour était régulier. Elle n'en fut pas moins attentive pour son père ; elle partagea ses fers lorsqu'il fut réincarcéré pendant la Terreur. La première fois qu'elle parut devant les autres prisonniers, tous les yeux se fixèrent sur elle et se remplirent de larmes ; elle reçut de tous les cœurs le prix que l'on doit à la vertu. M. Coëttant la célébra dans une romance touchante. Mme de Rosambo lui adressa un mot

qui les honore l'une et l'autre. Elle sortait de la prison avec
le vénérable Malesherbes pour paraître au tribunal; elle
aperçoit Mlle de Sombreuil : *Vous avez eu*, lui dit-elle, *la
gloire de sauver votre père, et moi, j'ai la consolation de
mourir avec le mien.*

La fille de l'estimable Cazotte [1] l'arracha aussi aux égor-
geurs des prisons. Comme ce trait a fait moins de bruit que
l'autre, il n'est pas indifférent que j'en développe les circonstances.

Quelques jours avant le 2 septembre, Mlle Cazotte, mise
à l'Abbaye avec son père, fut reconnue innocente; mais
elle ne voulut pas l'y laisser seul et sans secours : elle
obtint la faveur de rester auprès de lui. Arrivèrent ces journées effroyables qui furent les dernières de tant de Français.
La veille, Mlle Cazotte, par le charme de sa figure, la
pureté de son âme et la chaleur de ses discours, avait su
intéresser des Marseillais qui étaient entrés dans l'intérieur
de l'Abbaye. Ce furent eux qui l'aidèrent à sauver ce vieillard : condamné après trente heures de carnage, il allait
périr sous les coups d'un groupe d'assassins; sa fille se jette
entre eux et lui, pâle, échevelée, et plus belle encore de
son désordre et de ses larmes : *Vous n'arriverez à mon père,*
disait-elle, *qu'après m'avoir percé le cœur.* Un cri de grâce
se fait entendre; cent voix le répètent; les Marseillais
ouvrent le passage à Mlle Cazotte, qui emmène son père
et vient le déposer dans le sein de sa famille. Cependant sa
joie ne fut pas de longue durée. Le 12 septembre, elle le
voit jeter une seconde fois dans les fers. Elle se présente à
la Conciergerie avec lui; la porte, ouverte pour le père, est
refusée avec dureté à la fille. Elle vole à la Commune et
chez le ministre de l'intérieur, et, à force de larmes et de
supplications, leur arrache la permission de servir son père.
Elle passait les jours et les nuits à ses côtés, et ne s'éloignait de lui que pour intéresser ses juges en sa faveur, ou

---

1. Auteur d'ouvrages fort ingénieux, tels qu'*Ollivier, le
Diable amoureux*, etc.

pour disposer des moyens de défense. Déjà elle s'était assurée de ces mêmes Marseillais auxquels elle fut si redevable dans son premier danger ; déjà elle avait rassemblé des femmes qui lui avaient promis de la seconder : elle commençait enfin à espérer, lorsqu'on vint la mettre au secret. Son zèle s'était fait tellement redouter des adversaires de son père qu'ils n'avaient trouvé que ce moyen pour qu'il ne pût leur échapper une seconde fois. En effet, ils égorgèrent, pendant l'absence de sa fille, cet homme qu'auraient dû faire respecter son grand âge, ses talents, et ce spectacle effrayant de la mort qui, dans les horreurs de septembre, avait plané trente heures sur sa tête. Mlle Cazotte n'apprit qu'en devenant libre une perte si cruelle : on conçoit l'étendue de sa douleur. Elle n'eut d'autre consolation que d'adoucir les chagrins de sa mère, et elle se livre encore à ce devoir avec toute la délicatesse de sentiments dont la nature l'a douée.

Lorsque la pensée s'arrête sur nos massacres révolutionnaires, et principalement sur le régime de la Terreur, où le meurtre régna quatorze mois parmi nous, il est difficile de ne pas se rappeler les temps de Marius et de Sylla, qui furent aussi une des époques les plus fatales à l'humanité. Lucain a fait, dans sa *Pharsale*, la peinture de leurs proscriptions. J'ai tenté une traduction libre et abrégée de ce passage de son poëme : je vais la transcrire. Peut-être ce tableau ne sera pas sans intérêt, puisqu'on y trouvera plus d'un rapport avec les crimes dont nous avons été les témoins [1].

(C'est un vieillard qui parle, effrayé de l'approche de César.)

Je les revois, dit-il à ses fils éperdus,
Ces jours de deuil, ces temps où le fier Marius,
Ce vainqueur des Teutons, chassé de l'Italie,

---

1. Cette traduction a paru dans l'*Almanach des Muses* de l'an IV, 1796.

Cacha dans les marais sa tête ensevelie,
Et, bientôt découvert sous leurs impurs roseaux,
De cet abri fangeux passa dans les cachots.
D'avance il subissait la peine de ses crimes.
Né pour finir ses jours sur un tas de victimes,
Dans Rome, que ses mains oseront embraser,
Le trépas qu'il attend semble le refuser.
Un Cimbre, en sa prison, pour l'immoler s'avance;
Il recule à l'aspect du héros sans défense;
Il fuit : il a cru voir, sous ces murs ténébreux,
Des éclairs redoublés jetant un jour affreux,
Des esprits infernaux toute la troupe impure,
Et Marius déjà dans sa grandeur future.
Une voix l'a frappé : « Respecte Marius,
Cimbre; à ton bras obscur ses jours ne sont pas dus.
Avant de pénétrer dans le royaume sombre,
Il faut que d'autres morts y précèdent son ombre.
Respecte Marius; tes peuples égorgés
En lui laissant le jour seront bien mieux vengés. »
Son sort change en effet : affranchi de ses chaînes,
Il erre quelque temps sur des plages lointaines.
Il parcourt la Libye et les bords habités
Par ces peuples sans frein qu'il a jadis domptés;
Il foule aux pieds Carthage et sa cendre immortelle,
Et, comme elle abattu, se console avec elle.
C'est là qu'enfin les dieux relèvent son destin.
Le bruit de ses revers enflamme l'Africain.
Son grand nom, sa valeur à vaincre accoutumée,
D'esclaves, de brigands, lui donnent une armée :
Il ne veut que des cœurs dans les forfaits vieillis,
Et les plus criminels sont les mieux accueillis.

Quel fut ce jour, marqué par tant de funérailles,
Où Marius vainqueur entra dans nos murailles!
La mort volait partout. L'un sur l'autre étendus,
La noblesse et le peuple expirent confondus :
Sur leurs têtes au loin le glaive se promène.
Plus de respect pour l'âge : une foule inhumaine
Égorge le vieillard qui se traîne au tombeau

Et l'enfant malheureux couché dans son berceau.
L'enfant! du jour à peine il voyait la lumière!
Qu'a-t-il fait pour mourir en ouvrant la paupière?
Il le peut, c'est assez : du soldat menaçant
La fureur le rencontre, et l'immole en passant.
Elle frappe au hasard, elle entasse les crimes,
Dans le barbare effroi de manquer de victimes.
De morts et de mourants les temples sont jonchés;
Sous des ruisseaux de sang les chemins sont cachés;
Et, grossi par leurs eaux, sur sa rive fumante
Le Tibre épouvanté roule une onde sanglante.
Sur qui pleurer au sein des publiques douleurs?
Ah! recevez du moins nos regrets et nos pleurs,
Proscrits qu'a distingués une grande infortune :
Licinius, traîné mourant dans la tribune;
Bæbius, dont leurs bras, de carnage enivrés,
Partagèrent entre eux les membres déchirés;
Toi, surtout, qui prédis ces maux à l'Italie,
O vieillard éloquent, dont la tête blanchie,
Portée à Marius par tes vils assassins,
Orna, sanglante encor, ses horribles festins.
Rome a récompensé Marius qu'elle abhorre;
Pour la septième fois il est consul encore.
Il meurt, ayant atteint dans ses jours agités
Le comble des revers et des prospérités,
Porté, par les destins contraires et propices,
Au faîte des grandeurs, du fond des précipices.

Sylla revint dans Rome, et, lui rouvrant le flanc,
Vengea le sang versé par des fleuves de sang.
Victimes et bourreaux, tous étaient des coupables.
C'est alors qu'on dressa ces odieuses tables
Où l'airain criminel, des têtes des proscrits,
Offrait, en traits de sang, et les noms et le prix.
A ce signal de mort, les haines personnelles
Remplissent sans danger leurs vengeances cruelles;
Et le brigand armé, qui se croit tout permis,
Frappe au nom de Sylla ses propres ennemis.
L'esclave, las du joug, assassine son maître;

Le père ouvre le flanc du fils qu'il a fait naître;
Le frère meurtrier vend le sang fraternel;
Les fils, tout dégouttants du meurtre paternel,
Pour l'offrir à Sylla, dans leur fureur avide,
Se disputent entre eux une tête livide.
Les proscrits vainement s'éloignent à grands pas.
Les uns, dans les tombeaux croyant fuir le trépas,
Le retrouvent bientôt sous ces marbres funèbres,
Dans l'air empoisonné de leurs mornes ténèbres;
Les autres, se cachant dans des antres secrets,
Vont servir de pâture aux monstres des forêts;
Quelques-uns, dans l'orgueil d'un désespoir extrême,
Pour dérober leur mort se poignardent eux-mêmes;
Mais leurs restes sanglants sont encore frappés
Par des bras furieux qu'ils leur soient échappés.
Les vainqueurs, échauffés par leurs forfaits rapides,
Volent sur mille morts à d'autres homicides;
Femmes, enfants, vieillards, sous leurs coups ont péri;
Et le peuple tremblant voit, d'un œil attendri,
Sur des piques, de sang et de pleurs arrosées,
Des plus grands citoyens les têtes exposées,
Et ne peut, quand sa main veut dresser leurs tombeaux,
De leurs membres épars rassembler les lambeaux.

A ce spectacle affreux, Sylla, fier, immobile,
Du haut du Capitole, avec un front tranquille,
Dans nos murs, où sa rage envoyait le trépas,
Du geste et de la voix anime ses soldats,
Et hâte, sans pâlir des crimes qu'il consomme,
Dans les derniers Romains la ruine de Rome.
C'est par tous ces forfaits que, d'un lâche sénat,
Il mérita le nom de Père de l'État.
Mais enfin, las du soin d'égorger ses victimes,
Il abdiqua ce rang payé par tant de crimes;
Et dans Tibur, au sein d'un repos fastueux,
Il mourut de la mort des hommes vertueux.

Page 33, vers 2-3.

> . . . . *La joueuse, l'avare,*
> *L'altière au cœur d'airain, la folle au cœur bizarre.*

Ce sont là quelques-uns des défauts que Boileau reproche aux femmes dans sa dixième satire.

Page 33, vers 11-12-13.

> *Vous m'offrez Ériphyle et sa fourbe adultère,*
> *Les fureurs dont Médée épouvanta Colchos,*
> *Le crime qui souilla les femmes de Lemnos.*

Ériphyle était l'épouse du devin Amphiaraüs, l'un des sept chefs au siège de Thèbes. Amphiaraüs lui avait confié que, s'il allait à cette guerre, il y périrait; et il se cacha pour éviter son sort. Ériphyle, séduite par un présent de Polynice, lui découvrit son asile, et fut ainsi la cause de sa mort.

Médée, avant de fuir avec Jason, massacra son frère Absyrte, et dispersa ses membres sur la route, pour arrêter la poursuite de son père.

Les Lemniennes, ayant appris que leurs époux, partis pour une expédition lointaine, s'étaient unis à d'autres femmes, les égorgèrent tous à leur retour.

Page 33, vers 16-17.

> . . . . *L'affreuse Médicis*
> *Au meurtre des Français encourageant son fils.*

Il est question de la trop fameuse Catherine de Médicis, mère de Charles IX. On sait que c'est elle qui lui inspira la Saint-Barthélemi.

APPENDICE

EXTRAITS

DE

L'HISTOIRE MORALE DES FEMMES

PAR E. LEGOUVÉ

APPENDICE

LA FILLE

Si le fils, dans la famille, représente l'espérance, la fille a pour mission d'y figurer la pureté, et, grâce à sa présence, comme dit l'Indien dans son poétique langage, le père participe à la vie des vierges. Aujourd'hui déjà, quand la mère pleure, est-ce le fils qui la console? qand le père souffre, est-ce le fils qui le soigne? Le père revient le soir brisé de fatigue, sombre de préoccupations: qui court au-devant de lui jusque sur le seuil? qui le délivre des incommodes vêtements de la route? qui essuie son front soucieux? Sa fille; et soudain fatigue et soucis se dissipent.

De même pour l'éducation. A peine votre fil est-il sorti de l'enfance que l'éducation publique le réclame et vous l'enlève ; vous l'envoyez à cent lieues de vous, si vous demeurez en province ; à l'extrémité de Paris, si vous habitez Paris ; puis, selon la distance, deux jours par mois, ou une fois par an, vous êtes père, votre fils vous revient, mais désaccoutumé de vous, formé par un autre et ne cherchant bien souvent sous votre toit que le plaisir de l'oisiveté, de la liberté et du bien-être.

Ses études achevées, ce sont les passions, les plaisirs, le jeu, qui vous le disputent ; la maison paternelle est une prison pour lui : vous êtes son geôlier, ou, qui pis est, son caissier. Sans doute vos reproches le touchent, les larmes de sa mère l'affligent, mais pour une heure ; il a la fièvre, la fièvre de la vie, il faut qu'il vive ; n'avez-vous pas vécu, vous aussi? Voilà le fils jusqu'à ce qu'il soit homme. Une fille, au contraire, si l'organisation de la famille s'accordait avec son idéal, serait à vous, ne serait qu'à vous, et représenterait l'éducation domestique. Vous étiez père, vous deviendriez créateur : car créer, ce n'est pas donner un corps, c'est former une âme, et vous pourriez élever votre fille. Une fois cette tâche entreprise et accomplie, ne craignez plus que son cœur vous abandonne quand une autre maison deviendra la sienne : car elle ne vous quittera que pour devenir mère à son tour ; et, repassant alors comme institutrice le chemin qu'elle aura parcouru comme élève, chacune de ses épreuves dans cette voie nouvelle sera un souvenir reporté vers vous, chacun de ses souvenirs un mouvement de reconnaissance.

Enfin la vieillesse vient pour les parents, et, avec la vieillesse, l'isolement, la tristesse, les infirmités. Votre fils ne vous abandonne pas ; mais, emporté par ce besoin d'activité qui fait le fond de la vie de l'homme, ses visites sont plus rares, ses paroles plus brèves : l'homme ne sait pas consoler. Que votre fille, au contraire, soit veuve ou libre, elle s'établit à votre chevet ou derrière votre fauteuil de malade, et ramène dans les cœurs les plus incrédules la croyance à la Divinité à force de bonté vraiment divine. Qui de nous n'a pas rencontré dans la vie quelqu'une de ces Cordélias agenouillée devant un père infirme ou affaibli de raison ? Par une contradiction vraiment touchante, la fille alors devient la mère ; souvent même, les intonations tendres et caressantes réservées pour l'enfance, les paroles qui n'appartiennent, ce semble, qu'à la bouche des mères, sont parfois échangées entre eux avec une grâce charmante, car le vieillard s'aperçoit de ce renversement des rôles, et un demi-sourire plein de mélancolie et de tendresse va dire à sa fille : « Ce sont des enfantillages, je le sais, mais je suis si heureux d'être ton enfant ! »

BEAUTÉ DE LA FILLE ET DE LA FEMME

Je ne sais si je m'abuse, mais il me semble que nous nous créons de singulières illusions sur le déclin relatif des femmes et sur le nôtre. Nous sommes très sévères pour elles, mais par compensation nous nous montrons fort indulgents pour nous. Législateurs même de ce qui est hors des lois, nous avons habilement converti nos défauts d'âge mûr en qualités. L'embonpoint pour nous s'appelle de la noblesse; les rides donnent du caractère au front et à la bouche; la calvitie élargit le crâne en le dévoilant; il n'est pas jusqu'aux cheveux gris qui, trahissant des méditations profondes, ne transforment tout homme entre deux âges en penseur; et enfin, établissant, ainsi que l'a spirituellement observé Mme de Genlis, la supériorité de notre décadence jusque dans la langue, nous disons d'une rose qui passe, qu'*elle se fane*, et d'un chêne qui meurt, qu'*il se couronne*.

La nature sanctionne-t-elle notre décret? borne-t-elle le règne des grâces extérieures de la femme à de si courtes années que le déclin commence pour elle dix ans plus tôt que pour l'homme? Nous ne le croyons pas.

En effet, si ce charmant et premier coloris de la

figure ne va guère plus loin que l'adolescence de
la jeune fille, bien des avantages nouveaux viennent le remplacer. La taille d'une femme ne se dé-
gage et ne se dessine qu'après vingt-deux ans ; ses
mains ne sont jamais aussi belles qu'à vingt-cinq
ans ; son cou, à cet âge, s'élance plus élégamment,
ses épaules s'élargissent, sa poitrine se développe,
et toutes les formes de son corps s'harmonisent en
un ensemble de mouvements souples et gracieux
qui n'appartiennent pas à la première jeunesse.
Les statuaires antiques, ces adorateurs intelligents
de la beauté, ont merveilleusement rendu cette pro-
gression de la nature. La délicieuse Vénus de
Naples qui figure la jeune fille adolescente ; Diane
à la Biche, sa sœur aînée ; la Vénus de Milo,
leur souveraine, nous reproduisent, dans trois ty-
pes parfaits, ces trois âges successifs de la beauté
de la femme. N'est-ce pas à vingt-cinq ans, et à
vingt-cinq ans seulement, qu'apparaît la seconde
et durable grâce du visage, la physionomie ? N'est-
ce pas alors que le feu intérieur de l'intelligence
éclate dans le regard ; que la finesse de l'esprit se
révèle dans les narines plus mobiles et plus nette-
ment accusées ; que l'âme surtout, l'âme dévouée
et tendre, se répandant sur les lèvres, dans le sourire, dans les larmes, nous montre la femme avec
tout l'éclat dont Dieu l'a parée en la créant ? Enfin,
et là se trouve le point principal, une femme n'est
en pleine richesse de sentiments et d'intelligence

qu'à vingt-cinq ans. Donc, fût-il vrai qu'une loi douloureuse de la nature la condamne à être à la fois jeune et vieille, fût-il vrai que sa beauté intérieure ne s'épanouit qu'au sein d'une organisation physique dont le déclin commence, comme le parfum d'une fleur qui ne s'exhalerait que d'une corolle à moitié flétrie, la femme jeune par la pensée et jeune par le cœur aurait le droit, au nom de ce cœur et de cette pensée, de réclamer un compagnon jeune comme elle. Heureusement, nous l'avons vu, elle le peut aussi à d'autres titres, et la jeune fille qui recule son mariage jusqu'à vingt-deux ans ne perd pas le privilége d'épouser un jeune homme.

L'ÉPOUSE

'AMOUR et le mariage se présentent aux âmes élevées comme deux frères invinciblement liés l'un à l'autre, incomplets l'un sans l'autre et tout-puissants l'un par l'autre. En effet, en passant de la maîtresse à l'épouse, cette influence moralisatrice de la femme trouve soudain le caractère si nécessaire qui lui manquait alors, la continuité. L'empire de l'amante ne survit pas à la jeunesse qui le fait naître, et souvent il a la frivolité de cet âge, comme il a sa grâce éphémère ; le mariage seul lui donne du sérieux et de la durée, le mariage fait un devoir de ce qui était un jeu, une règle pour la vie de cette loi d'un jour, une autorité calme de cette impétueuse domination. La femme ne peut avoir d'action salutaire sur l'homme que dans le mariage, et le mariage seul peut faire de l'homme un être complet.

Sans doute, ce n'est encore que par couples iso-
lés que Dieu produit à nos regards l'image de ces
unions idéales; mais le bien commence toujours
par être une exception avant de devenir une règle,
et nous pouvons, sans craindre d'être appelés rê-
veurs, tracer le portrait de ces rares élus qui nous
doivent servir de modèles.

Entre de tels époux, pas de commandement.
Pas d'inférieur ou de supérieur, aux yeux du mari
surtout: car son seul vœu est d'apprendre la liberté
à sa femme et de lui ordonner de vouloir. Dans
cette sainte alliance le mélange des qualités se trans-
forme en échange; elle devient plus forte auprès
de lui, il devient meilleur auprès d'elle; la tendresse, ce divin sentiment qui joint à toute l'ardeur de la passion la douceur pénétrante de la sympathie, la tendresse, s'insinuant entre leurs cœurs,
les fond pour ainsi dire en un seul. Ils ont sans
doute d'autres objets bien chers d'affection, des
enfants, une mère, mais rien n'est pareil à ce qu'ils
éprouvent l'un pour l'autre. Il n'y a qu'elle qui soit
lui, il n'y a que lui qui soit elle; les mêmes pensées arrivent sur leurs lèvres aux mêmes moments;
leurs visages, par l'habitude de sentiments semblables, contractent une sorte de ressemblance, et, à
les voir comme à les entendre, on sent entre eux
une parenté plus puissante que celle du sang, la
parenté de l'âme.

Une telle union ne craint pas même les années

et leurs ravages. C'est le misérable emploi de la vie
des femmes, c'est leur oisiveté et toutes les mes-
quines passions qu'elle enfante, qui flétrissent leur
visage avant le temps, qui flétrissent leur bonheur
avec leur visage. Tant que dure la jeunesse (la
jeunesse, le plus charmant des mensonges!), la
rondeur des lignes de la figure dissimule tout, et,
si un mauvais mouvement de l'âme y imprime un
pli délateur, ce pli s'efface aussitôt sous l'élastique
ressort de cette chair juvénile; mais, quand vient
l'âge, chaque pensée habituelle creuse sa ride:
c'est la vanité qui contracte les lèvres; c'est l'envie
qui enfonce la bouche, et le désenchantement de l'é-
poux suit bientôt le déclin prématuré de la femme.
L'épouse dont nous avons dessiné le portrait n'a
rien à redouter de pareil de la main du temps. On
reprochait un jour à Michel-Ange d'avoir représenté la Vierge Marie encore belle dans un âge
qui n'était plus la jeunesse. « Ne voyez-vous pas,
répondit-il, que c'est la beauté de son âme qui
a conservé celle de son visage? » Ainsi de l'é-
pouse vraiment épouse : tout ce qu'elle a fait de
bien pendant sa longue carrière conjugale et maternelle, tout ce qu'elle a pensé de pur et d'elevé,
répand sur ses traits un charme de physionomie,
une noblesse inconnue même au jeune âge; la finesse de son esprit, plus exercé, y ajoute une grâce
piquante, et parfois le temps lui a, ce semble, autant apporté qu'emporté.

Vienne donc la vieillesse elle-même, elle n'altérera cette union que lorsqu'elle la brisera. Quand les enfants, éloignés ou établis, laisseront seuls auprès du foyer les deux vieux compagnons, la mémoire de cette vie commune si pure et si tendre, la conscience de s'être perfectionnés l'un l'autre, la certitude d'immortalité que donne une affection qui n'a jamais faibli, suffiront pour défendre leurs âmes du contact glacé de l'âge. Cette affection s'empreindra même d'une mélancolie solennelle à la vue de la terre qui s'éloigne, de Dieu qui s'approche, et ils s'aimeront à la fois comme des êtres qui vont se quitter, et comme des êtres qui se retrouveront !

LA MÈRE

HEZ les animaux, la maternité seule ressemble à un sentiment ; leur amour paternel n'est qu'une exception, leur amour sexuel qu'un instinct ; mais la maternité leur donne la prévoyance, la tendresse, le dévouement, l'héroïsme même. La lionne à qui l'on enlève ses petits devient terrible comme un lion ; le lion s'éloigne. J'ai été témoin du courage d'une jeune mère fauvette. Elle avait bâti son nid dans un buisson à hauteur du regard ; le père et la mère, selon la coutume de ces jolis oiseaux, se tenaient tour à tour sur le nid pour couver les œufs : or, si je m'approchais au moment où le mâle était le gardien, il s'enfuyait dans les branches supérieures, volant, criant, s'agitant, mais il s'enfuyait. Était-ce la femelle, au contraire, elle restait. En vain m'avançais-je au point de la toucher, elle restait. Je voyais son petit cœur battre sous ses plumes, son œil noir s'arrondir et briller de terreur : n'importe, elle restait. Il y avait certainement là un sentiment ! il y avait vaillance, puisqu'il y avait peur ; il y avait dévouement, puisqu'il y avait sacrifice. Par l'amour maternel, l'animal touche presque à la nature humaine, et la nature humaine s'élève jusqu'à la nature divine !

Quel père, en effet, oserait comparer sa tendresse à la tendresse d'une mère ? A Dieu ne plaise que je veuille nier l'affection paternelle ; mais la paternité pour un homme est un accident, et, pour ainsi parler, une fiction ; pour les femmes, la maternité est la vie même. Ceux qui leur contestent encore leur rang de créatrices n'ont donc jamais vu une mère recevoir dans ses bras son enfant nouveau-né ? Ils n'ont donc jamais contemplé ce divin premier regard qui a donné pour un jour au fougueux Rubens, dans la figure de Marie de Médicis, le tendre génie de Raphaël ? Jamais donc ils n'ont vu une mère suivant le premier pas de son enfant, écoutant sa première parole, hélas ! et recevant son dernier soupir ? Quand un enfant meurt, le père pleure ; mais le temps ne respecte pas plus en lui cette douleur que les autres douleurs ; pour la mère, c'est une blessure qui ne guérit pas. On rencontre parfois des figures de femmes marquées d'un sceau particulier de désespoir ; leur pâleur, leur douceur, l'accent découragé de leur voix, leur front

incliné sur leur poitrine, trahissent en elles je ne
sais quoi d'irréparablement brisé qui vous serre le
cœur ; même quand elles sourient, on voit qu'elles
sont près de pleurer : informez-vous de la cause de
leur peine, on vous dira presque toujours que ce
sont des mères qui ont perdu quelque enfant à la
fleur de l'âge. Une femme atteinte d'une maladie
mortelle qui lui avait enlevé son fils dix ans aupa-
ravant s'écria, au milieu des angoisses de l'agonie :
« Ah ! comme mon pauvre fils a dû souffrir ! » Tor-
turée par son propre mal, elle ne pensait qu'à
celui de son enfant. Tel est l'amour maternel. Sans
égal dans la création, il naît en un instant, immense, sans bornes, sans calcul ! si puissant qu'il
transporte celle qui l'éprouve au delà des lois de
la nature, qu'il fait de la douleur un plaisir,
de la privation une jouissance, et cela non pas
accidentellement, par accès, comme dans l'amour,
mais toujours et sans relâche. Le temps ne l'éteint
pas, la vieillesse ne le glace pas : car pour lui pas
plus de décadence que de progrès, cet autre signe
d'imperfection ! Il est né le premier jour du monde
aussi complet qu'aujourd'hui, et Ève en savait sur
ce point autant qu'Hécube et que la reine Blanche.
Est-ce assez dire ? Non. Pour dernier miracle, il
renouvelle tout entier l'être qui l'éprouve et il lui
sert d'éducateur Par lui, la femme coquette devient
sérieuse, l'imprévoyante réfléchie ; il éclaire, il
épure ; il veut dire vertu et intelligence comme

dévouement et amour : c'est le cœur humain tout
entier !

LA MÈRE ÉDUCATRICE

Certes l'éducation publique agit énergiquement
et salutairement sur les caractères. Elle les rend
souvent plus fermes par le besoin de se défendre ;
elle les rend plus justes par la nécessité de respecter les droits d'autrui ; elle mate les orgueilleux,
elle tourmente les vaniteux, elle trempe les pusil-
lanimes par une vie rude et simple ; mais aussi que
de leçons de mensonge, d'envie, d'indélicatesse,
parfois d'improbité ! Abandonnez un caractère un
peu farouche ou un peu faible à ce monde où
règne la force, et il va souvent devenir cruel ou
lâche, despote ou vil ; je ne parle pas des autres
vices. La vie commune est une vie de lutte, il ne
faut s'y présenter qu'armé. Or, qui peut armer
l'enfant ? La mère seule. Si l'éducation maternelle
prolongée jusqu'à douze ans n'a pas nourri l'enfant
de leçons d'honneur et de dignité ; si elle n'a pas
aguerri sa moralité incertaine contre les exemples
funestes ; si elle n'a pas gravé ineffaçablement en lui
l'horreur de la fausseté ; si même elle n'a pas for-
tifié peu à peu sa mollesse native, l'éducation publique le brisera ou le dépravera. Qu'on ne répète
pas ce vulgaire anathème contre l'aveuglement de

la tendresse maternelle ; qu'on ne dise pas qu'aimer, c'est ne pas voir. Rien de plus clairvoyant que l'affection ; on dissimule souvent les défauts de ceux qu'on aime, on les nie quelquefois, mais on les voit toujours. Qu'on n'objecte pas la faiblesse des mères. Il n'y a de mères faibles que celles qui font de la maternité un plaisir, et non un devoir. Une mère qui élève ses enfants est plus courageuse pour eux et contre eux que le père lui-même. Quand un enfant doit subir quelque dure opération, qu'il faut que son sang coule, le père s'enfuit, la mère reste ; et j'ai vu une mère, la plus tendre et la plus dévouée des mères, saisir son fils qui venait de mordre la main d'un enfant de son âge, et le mordre à son tour jusqu'à ce que le sang coulât. Quel père lui eût donné cette leçon héroïque ? Voulez-vous donc former le caractère de l'enfant, il vous faut et l'éducation maternelle et l'éducation publique.

S'agit-il de l'intelligence, c'est Socrate lui-même qui nous trace la règle. Ce grand précepteur de l'antiquité rendit un jour un jeune homme à son père qui le lui avait confié pour l'instruire, en lui disant : *Je ne puis rien lui enseigner, il ne m'aime pas.* Dans une autre circonstance, interrogé sur sa profession, il répondit : « Courtier de mariages : je vais par la ville cherchant quels hommes sont propres à lier mutuellement amitié, afin de les réunir ; et, grâce à leur affection, ils se servent de précepteurs l'un à l'autre.. » Ces paroles résumaient toute sa théorie d'éducation. « Pourquoi s'éclaire-t-on ? disait-il. Parce qu'on aime. Pourquoi éclaire-t-on ? Parce qu'on aime. Maîtres et élèves ont tous un maître commun, l'affection. Celui qui n'aime pas et qui veut instruire ressemble à un homme qui prend une terre à ferme : il ne cherche point à l'améliorer, mais à en tirer le plus grand profit. Celui qui aime, au contraire, ressemble au propriétaire d'un champ : de toutes parts il apporte ce qu'il peut pour enrichir l'objet de son affection. »

Socrate, par ces ingénieuses paroles, plaidait et gagnait la cause des mères ; il constatait leur toute-puissante influence sur l'éducation intellectuelle de leurs fils. En effet, rien ne nuit plus à l'originalité de l'esprit que l'éducation publique et commune trop tôt commencée. Jetez dans un sac de petits cailloux de toutes formes et remuez-les longtemps ensemble, le frottement les aura bientôt changés en autant de pierres rondes. Ainsi des enfants. Confiés avant l'âge aux mains des instituteurs publics, ils se ressemblent tous ; cette même nourriture pour tant d'esprits différents les assimile les uns aux autres, quand elle ne fait pas pire. Que d'intelligences rebelles, mais fortes au fond, que d'esprits délicats ou de natures puissantes, mais dont la puissance même réclamait des soins particuliers, ont été rebutés, dégoûtés, empoisonnés peut-être par ce régime de gamelle ! S'ils avaient eu leur mère pour première institutrice, ils auraient porté fruit. Une mère, l'œil sur son fils, cherche, essaye, recommence. Qu'il soit indisciplinable, n'importe ; tout homme porte en lui une qualité qui peut servir de gouvernail pour conduire tout le vaisseau : laissez agir la mère, elle saura bien la trouver. Une mère qui prend part aux premières leçons de son fils découvre souvent des fautes ou imagine des ressources d'enseignement qui échappent au maître. Un jeune homme me fut cité qui n'avait pu apprendre le grec et le Code qu'avec l'aide de sa mère. Est-ce à dire que la mère avait plus de science que le professeur ? Non ; mais, entre son fils et elle, l'instruction se donnait de cœur à cœur.

Plus d'une fois il a été dit que les hommes illustres avaient été élevés par leurs mères, et les noms de Schiller, de Lamartine, d'André Chénier, se présentent aussitôt comme autant d'illustres exemples. Faut-il entendre par là que leurs mères leur avaient seules servi de maîtres d'histoire, de langues ou de poésie ? Non ; mais elles avaient versé en eux cette âme de la femme sans laquelle il n'y a point de véritable grand homme ; assez instruites pour s'immiscer à ces premières études viriles, assez persévérantes pour les suivre, elles mêlaient à toute instruction le lait maternel que rien ne remplace.

Donc, pour diriger l'intelligence comme pour
former le caractère, il faut le collége et la mère ;
mais la mère d'abord.

Reste enfin le cœur. Nous écarterons de notre
analyse la plus riche et la plus douce moitié de son
domaine, les affections de famille : car nul ne met
en doute que l'éducation maternelle ne puisse seule
les créer et les faire vivre. Bornons-nous donc au
sentiment le plus héroïque et le moins individuel,
l'amour du pays. Où a-t-on vu que jamais les
femmes aient fait défaut à une grande cause nationale? Où a-t-on vu que leur pusillanimité ait
arraché à leurs fils les armes qui doivent défendre
la patrie? Nous ne remonterons ni à Véturie ni à
Cornélie ; mais nos aïeules, les Gauloises, n'assis-
taient-elles pas aux combats où leurs fils et leurs
maris versaient leur sang pour la Gaule, et ne les
enflammaient-elles pas par leurs chants? La Révolution française ne nous a-t-elle pas montré les
femmes aussi enivrées que les hommes de ce grand
nom de patrie? Et les sœurs, les filles, les mères,
loin d'énerver le courage des êtres qui leur étaient
chers, ne marchaient-elles pas comme eux et devant
eux [1]? Partout où la nationalité est puissante, le
cœur des mères est national ; ne les accusez donc
pas si l'esprit héroïque s'était éteint en elles : la

_____

1. Voyez dans M. Lairtuillier, *Histoire des femmes de la
Révolution,* tous les détails de ce beau mouvement.

faute en était à nous qui nous étions laissés déchoir
de notre rang de grand peuple. En définitive, l'être
qui représente le mieux la nationalité française, qui
a le plus aimé le peuple de France, qui a le mieux
défendu la France, cet être est de leur sexe et non
du nôtre, c'est Jeanne d'Arc !

. . . .

La loi borne au temps de la minorité des enfants
l'empire du père et de la mère ; mais croit-on que
leur influence doive cesser avec leur empire ? Est-ce
quand l'âge des passions précipite le jeune homme
dans la vie tumultueuse du monde, que les conseils
maternels lui deviennent inutiles ? Qui lui fera conserver le goût du bien, même au milieu des désordres du mal ? Qui le préservera, sinon de la
faute, au moins du vice ? Sa mère, si elle a dirigé
ses premières années.

Il est, dit-on, des choses qu'une mère doit
ignorer. Une mère doit tout savoir, pour tout consoler ou tout purifier.

Ce rôle ne va pas cependant sans quelques périls
qu'il importe d'indiquer.

Tant que la confiance du jeune homme est pour
lui un besoin de conscience, pour sa mère un
moyen de direction, qu'elle l'accepte et la pro-
voque, c'est un devoir ; mais, aussitôt que com-
mencent les joies de la confidence, lorsque l'entretien n'est plus dans la bouche de celui qui parle
qu'une occasion de raconter sa passion même, la

mère doit couper court : sa pudeur de femme comme sa dignité maternelle recevraient outrage d'un tel récit ; son attention complaisante deviendrait de la complicité. Qu'elle se mette donc en garde contre cette vanité si prompte à s'enorgueillir de tout ce qui s'appelle un succès. Plus d'une mère qui réclame de telles confessions sous le prétexte d'intervenir comme juge n'y cherche que le plaisir d'écouter tout le détail des triomphes de son fils ; en vain son visage tâche-t-il de s'armer d'une expression sévère, en vain jette-t-elle par intervalles quelques paroles de blâme, ses yeux qui rayonnent, sa bouche qui sourit malgré elle, son ardente curiosité qui veut tout apprendre, révèlent même au fils que ce n'est pas un conseiller qu'il a devant lui, mais un confident.

. . . .

Aux passions succèdent l'ambition et les affaires.

La mère éducatrice soutiendra l'âge mûr de son fils, comme elle a épuré sa jeunesse. Quand les âpres soucis de la lutte l'accableront, c'est dans les mêmes bras où toutes ses douleurs enfantines ont trouvé refuge qu'il viendra chercher quelque chose du calme et des bonnes résolutions de son enfance. Elle sait toutes les paroles qui le consolent (elle l'a consolé si souvent !) ; elle passe sur son front et dans ses cheveux, qui blanchissent peut-être, cette main caressante qui le calmait dans son berceau ; elle l'appelle *mon enfant*, et ce doux nom, qui, hélas !

ne lui convient plus, le touchant par le contraste même, après une heure d'entretien où sa mère lui a rendu courage rien qu'en lui rappelant combien de fois il s'est découragé, il part, le cœur ardent, la tête libre, rajeuni, et comme recréé par elle une seconde fois. Ah! on ne sait bien ce qu'est une mère éducatrice que lorsqu'on l'a perdue! A mesure qu'on s'avance seul dans la vie, des paroles d'elle que l'on croyait avoir oubliées, des conseils tendres et prévoyants qui ont dix ans de date, se réveillent tout à coup et viennent encore vous éclairer. En vain brillent autour de vous l'amour, les amitiés ardentes, parfois même les enthousiasmes, au fond de votre âme se lève plus belle chaque jour, par la comparaison de toutes choses, la divine image maternelle! On trouve d'autres cœurs qui vous adorent peut-être ; mais il n'y a qu'elle qui vous aime !

LA MATERNITÉ

•

Pour l'épouse riche, la maternité légitime, sauf son nécessaire accompagnement de souffrances physiques et d'inquiétudes, ne semble qu'un sujet inépuisable d'actions de grâce envers la Providence. Chaque enfant qui naît de plus autour d'elle prend place dans sa maison comme un ornement, dans son

cœur comme une joie. Son bonheur commence
avec ce seul mot : « Je suis grosse ! » Dès lors,
le mari qui redouble de tendresse, la famille qui
s'émeut, les rêves d'avenir qui bercent toutes les
pensées, métamorphosent ces neuf mois en une
succession sans cesse renouvelée d'espérances déli-
cieuses; chacun, auprès d'elle, semble avoir la
prévoyance d'une mère au moment où elle va le devenir.

Pour la femme pauvre, au contraire, tout est
terreur. Dès que son fruit s'agite dans son sein,
elle frémit. Comment l'élèvera-t-elle? Sa grossesse,
qui diminue ses forces, l'oblige à augmenter son
labeur, car elle augmente sa pauvreté! Il faut
qu'elle traîne son corps déjà si lourd à l'atelier, il
faut qu'elle reste debout des journées entières ;
courbée sous le faix maternel, elle doit encore porter des fardeaux. Elle accouche. Où? presque toujours dans une chambre sans feu, souvent dans le
lieu de son travail, parfois même dans les bois.
Combien de femmes n'ont pas de linge pour couvrir le nouveau-né, pas de lait pour le nourrir! la
misère et la fatigue tarissent si souvent la seule richesse que possède la mère pauvre, sa mamelle!
Le temps marche, nouvelles douleurs. C'est l'enfant de deux ans qu'il faut laisser seul avec mille
craintes qu'il ne tombe dans le feu, s'il reste à la
maison; que les voitures ne l'écrasent, s'il joue dans
la rue; c'est, hélas! la famille entière dont il faut

seule porter tout le poids. Dans les classes indi-
gentes, le père paraît peu au logis ; il apporte de
l'argent, s'il en a ; s'il n'en a pas, il reproche à sa
femme les enfants dont il est le père, et s'en va ;
la mère demeure. Parfois dans la campagne on
rencontre une laie poursuivie par ses petits affamés.
En vain cherche-t-elle à fuir, cette pauvre nourrice
épuisée par son allaitement. Ses petits courent sur
ses traces ; ils l'atteignent, ils la renversent sur le
dos, ils se précipitent sur ses mamelles nourricières
qu'ils piétinent et sucent avec une sorte d'ivresse ;
et cependant la triste victime, les jambes ouvertes,
la tête pendante de côté, les yeux fermés à demi,
et faisant parfois entendre un faible gémissement,
semble leur dire : « Vivez de ma vie, buvez mon sang
avec mon lait ! » Telle est l'image de plus d'une mère
indigente. Qui de nous n'a pas été saisi de tristesse
en pénétrant dans quelque misérable galetas, et
en voyant quatre, cinq enfants pressés dans un
étroit espace de quelques pieds, les bras tendus
vers une femme hâve et maigre à laquelle ils crient :
« Mère, j'ai faim. Mère, j'ai froid ! » La douleur
produit alors chez ces malheureuses des effets qui
semblent inexplicables ; on en voit quelques-unes
frapper leurs enfants qui leur demandent du pain.
Croit-on que ce soit colère ou insensibilité ? Non ;
c'est désespoir de les voir souffrir, et de ne les
pouvoir soulager. Elles les frappent pour ne plus
entendre ce cri de douleur qui les déchire ; c'est

parce qu'elles sont trop mères qu'elles deviennent marâtres. D'autres disent à leur fille aînée, aînée qui a quelquefois dix ans: « Emmène tes petites sœurs, tes petits frères, et tâche de les distraire de leur faim en les promenant. » Et voilà ces pauvres créatures errant dans les rues de Paris, à la pluie et dans la boue; voilà cette enfant, je me trompe, cette mère de dix ans, les traînant par la main dans les jardins publics, pleurant avec eux, car elle a faim aussi, et n'osant pas rentrer cependant, car sa mère lui a dit: « Il n'y aura de pain que ce soir. » Le soir est arrivé, ils rentrent; mais, hélas! le père n'a pas été payé de sa journée, ou bien il n'est pas revenu, et un maigre plat de légumes grossiers qui ne nourrirait pas une personne forme le repas de toute la famille. Que fait la mère? Elle ne mange pas; quelquefois même il arrive que la sœur aînée, mesurant de l'œil la faible portion des plus jeunes, dit à sa mère: « Je n'ai pas faim. » La mère la comprend, l'embrasse, et les deux pauvres affamées vont s'étendre ensemble sur cette couche dure que Dieu bénit sans doute, mais qui nous accuse bien haut devant lui.

LA FEMME

L'HOMME ET LA FEMME

ELATIVEMENT au corps, l'homme l'emporte dans ce que le corps a de plus puissant ; la femme, dans ce qu'il a de plus délicat. Ici donc égalité dans la difference.

Passons à l'examen de leur être spirituel.

Un premier objet s'offre à notre analyse : l'intelligence, c'est-à-dire la raison avec ses sévères attributs, et l'imagination avec son riant et mobile cortège.

Parlerons-nous d'abord de cette raison pratique et d'usage journalier qui consiste dans la disposition bien entendue de la vie ordinaire, et dont l'esprit d'ordre, la prévoyance dans le gouvernement intérieur, l'art d'accorder la richesse et la dépense domestiques, sont autant de dépendances nécessaires? La définir, c'est la désigner comme l'apanage naturel des femmes. On peut même conclure de là que les femmes, si elles y étaient préparées par une éducation convenable, apporteraient dans l'administration des revenus, dans la conduite des affaires privées, une prudence de détail et une précaution minutieuse qu'exclut souvent la vigueur de l'esprit masculin. L'homme est un meilleur spéculateur que la femme, la femme est un meilleur homme d'affaires que l'homme; l'un sait mieux gagner, l'autre mieux conserver la fortune. Ici donc, encore, égalité dans la différence et nécessité dans l'association.

La raison est aussi cette justesse d'esprit qui, dans les circonstances difficiles, nous fait choisir le parti le plus sage. L'homme et la femme y montrent des qualités et des défauts tout opposés: l'homme se laisse plus conduire par le calcul et l'intérêt personnel, la femme par la passion et le sentiment; l'un juge d'instinct, l'autre par réflexion; il voit le vrai, elle le sent. Demandez un conseil à une femme, sa réponse jaillira subitement par un oui ou un non, comme une étincelle au choc d'un caillou; mais ne la forcez pas à vous analyser les motifs de son avis; peut-être elle les ignore, peut-être ne trouverait-elle que de mauvaises raisons à vous donner, et cependant elle a raison. Peu accoutumée à l'exercice sévère de la logique, peu propre par sa nature à la déduction rigoureuse des

idées, elle n'est sensée que par inspiration, comme
on est poète. L'homme, au contraire, a pour premier fondement de son bon sens la réflexion : conseiller sûr, mais plus lent, il a besoin, pour vous
éclairer, de s'éclairer d'abord lui-même ; il lui faut
la mise en regard du pour et du contre. Il n'a raison qu'à force de raisonnements.

Lequel de ces deux bons sens l'emporte sur
l'autre? Ni l'un ni l'autre. Séparez-les, ils se va-
lent; unissez-les, ils se décuplent.

SENS ARTISTIQUE ET LITTÉRAIRE

DE LA FEMME

Les femmes sont artistes par tempérament. Im-
pressionnables comme l'artiste, véritables instruments de précision comme l'artiste, elles ressentent
et marquent, pour ainsi dire, les plus imperceptibles
variations d'atmosphère dans le domaine des sentiments. Comme l'artiste, tout ce qui brille les
enivre; comme l'artiste, le monde réel leur pèse;
et, de plus que l'artiste, elles possèdent une qualité
éminente : l'artiste, dans l'enthousiasme, dans l'a-
mour même, ne voit que la gloire, c'est-à-dire lui;
la femme, dans la gloire même, ne voit que l'a-
mour, c'est-à-dire un autre. Tout semble donc
l'appeler au premier rang dans les arts.

D'où vient cependant que, depuis l'antiquité jusqu'à nos jours, on ne cite pas une seule grande œuvre qui soit signée d'un nom de femme?

Dans la peinture et la sculpture, aucun tableau, aucun paysage, aucune statue immortelle dont l'auteur soit une femme !

En musique, pas une symphonie, pas un opéra, pas même une sonate, je parle des chefs-d'œuvre, qui aient été composés par une femme !

Dans l'art dramatique, pas une tragédie, pas une comédie vraiment célèbre qui soit partie de la main d'une femme !

Dans l'épopée, même phénomène; et, à son tour, l'histoire ne compte ni un Tacite, ni un Thucydide féminin.

Comment expliquer ces faits?

Par l'insuffisance de l'éducation féminine? Sans doute c'est là une des causes qui les ont produits, mais ce n'est pas la seule, ce n'est pas même peut-être la principale. En effet, l'étude de la musique, par exemple, tient beaucoup plus de place dans la vie des femmes que dans la nôtre : la profession théâtrale est ouverte aux actrices comme aux acteurs, et cependant ni le commerce assidu des grandes œuvres harmoniques, ni le contact perpétuel avec le goût du public, qui créa en partie Molière, Shakespeare et Le Sage, n'ont donné aux femmes le génie dramatique ou musical.

Il faut donc aller chercher la solution du problème ailleurs, c'est-à-dire dans la nature des êtres et des choses.

Sur quoi est fondé le génie dramatique ? — Je dis génie, et non talent. — Sur la connaissance, non des hommes seulement, mais de l'homme. Racine l'a défini une raison sublime. C'était dire, du même mot, que ni l'esprit, ni la finesse, ni la connaissance des individus, ni l'observation sagace des ridicules d'un jour, ne suffisent à le former, et qu'il lui faut pour base cette faculté puissante et génératrice qui plane sur l'ensemble des créatures humaines. Le génie représente, dans le domaine de l'imagination, ce que figure, dans la philosophie, la force synthétique.

Qu'est-ce qui constitue la supériorité de l'historien ? La science des grands mouvements politiques ou sociaux, la compréhension philosophique des lois générales de l'âme humaine ; l'appréciation certaine des passions et des instincts des masses ; enfin le don de s'arracher à son époque, à son pays, et d'aller s'incarner dans d'autres siècles et dans d'autres peuples, sans cesser pourtant de les juger. Toutes facultés de généralisation et d'abstraction.

D'où vient la grandeur incomparable de l'épopée ? De ce que, seule entre toutes les œuvres d'art, elle résume dans un seul fait un âge entier de la civilisation, un peuple, une croyance. C'est la plus puissante des synthèses poétiques.

Or, si nous nous reportons à l'analyse morale

que nous avons tentée, nous trouvons que les facultés dont se compose le génie sont précisément celles qui manquent à la nature des femmes. Les femmes, dans les formes les plus élevées de l'art, peuvent donc se montrer ingénieuses, touchantes, éloquentes même, mais rarement supérieures. Par compensation, ou plutôt par suite de la même loi, il est quatre genres secondaires qui leur promettent des succès éclatants : c'est la poésie élégiaque, le roman, le style épistolaire et la causerie. Là toutes leurs qualités sont de mise, leurs défauts deviennent des qualités.

Le poète, dans la poésie élégiaque, n'est pas un créateur qui domine, c'est un esclave inspiré qui obéit. L'âme, enivrée d'elle-même ou attendrie sur elle-même, s'enthousiasme ou se raconte. Les femmes ont trouvé dans cette poésie du cœur des accents incomparables. Sapho n'était que la voix la plus éclatante de tout un chœur charmant de poètes féminins dont s'enorgueillissait la Grèce ; et de nos jours, où la carrière des lettres se rouvre pour les femmes, l'amour et l'amour maternel ont rencontré en elles des interprètes moins savants, mais peut-être plus vrais et plus profonds que dans nos grands poètes.

Le roman est à l'épopée et au drame ce que l'individu est à la foule. Tout ce qu'il y a de profondément personnel dans chaque être, tout ce qui est vrai en dehors et à côté de la vérité générale, la variété, l'originalité, l'excentricité même, composent son plus riche et plus naturel domaine ; ce qu'il cherche dans le cœur humain, ce sont les mystères. Il vit surtout par l'analyse ; aussi, entre les chefs-d'œuvre de l'épopée domestique, n'hésitons-nous pas à inscrire *la Princesse de Clèves*, *Corinne*, *Adèle de Sénange*, *Mauprat*.

Les femmes sont nos maîtres, et doivent l'être dans la causerie et dans le style épistolaire. Que nous représentent, en effet, les lettres et les entretiens ? Une improvisation, improvisation de sentiments aussi bien que de paroles. La sensation fait naître le mot ; le mot à son tour fait naître la sensation ; plus la pensée a d'imprévu pour celui qui parle, de sous-entendu pour celui qui écoute, plus la causerie paraît piquante ; et, le geste, le regard, l'accent, venant en aide au langage, tous ces petits mondes d'idées légères s'élèvent dans l'air, semblables à autant de bulles de savon, irisées et insaisissables, comme elles disparaissant quand on appuie, renaissant comme elles dès que l'on souffle encore. Ce génie appartient surtout aux femmes.

. . . .

Il nous reste encore à parler d'une faculté importante de l'intelligence, le don de jouir des ouvrages de l'esprit et de les apprécier. Les longs loisirs des femmes et leur ardeur enthousiaste leur ont toujours assuré une grande part d'influence dans ces jugements ; mais cette influence est-elle

heureuse ? Le goût des femmes est-il un guide aussi
sûr que celui des hommes ? Oui et non. Il est un
goût critique, raisonnable, raisonné, quelquefois
élevé, qui naît de la culture de l'intelligence et
croît par l'exercice de la comparaison, qui tantôt
cherche avant tout dans une œuvre son rapport
avec le principe de l'art ou avec telle règle de convention, et qui tantôt, si le juge est éminent, le
transporte pour ainsi dire dans la postérité, et établit son tribunal hors du temps. Les femmes possèdent rarement cette sorte de goût ; mais il en est
un autre, instinctif, irréfléchi, qui ne s'inquiète ni
du style, ni de l'habileté de composition, ou qui,
s'il les sent, ne s'en aperçoit pas. L'émotion est
son guide, la vie son premier besoin. Pour lui le
passé ne compte pas, l'avenir ne compte pas, le
présent seul est tout, le présent, c'est-à-dire l'accord de l'artiste avec son époque. Tel est le goût
du public ; tel est le goût des femmes. Les plus
cultivées, dès qu'elles écoutent, deviennent des
servantes de Molière. Hérauts précurseurs de toutes
les renommées, elles devinent à sa première parole
l'homme qui doit plaire à son siècle ; elles recon-
naissent et saluent jusque dans les premières clartés
du crépuscule l'étoile qui conduit à son berceau ;
et, entraînant après elles cet autre peuple mobile,
enthousiaste et charmant, qu'on appelle la jeunesse,
elles courent s'agenouiller avec lui devant le dieu
naissant. De ces deux goûts, de ces deux guides,

lequel le génie doit-il suivre? Tous les deux. Il n'y a de grandes œuvres que celles qui appartiennent à tous les siècles par la vérité éternelle, mais qui se lient étroitement à leur époque par la vérité relative : or, plaire aux femmes, c'est être de son temps. De là l'éclatante gloire de Racine, de Jean-Jacques, de Voltaire. Qui les a forcés, philosophes et poètes, à descendre jusqu'à la portée du vulgaire? Les femmes. Un professeur illustre, qui comptait quelques femmes dans son auditoire, raconte qu'amené un jour par le développement des idées à traiter une question fort délicate, il dit à ses auditrices qu'il comptait sur leur absence pour la prochaine leçon. Au jour fixé, il arrive ; que voit-il? cent femmes au lieu de vingt. Que faire? Parler comme devant une assemblée masculine, c'était courir le risque de n'être ni compris ni goûté. Il bouleverse son plan ; cette présence importune, mais excitante, lui suggère d'heureuses nouveautés, d'heureux détours d'expression ; il devient à la fois plus clair et plus ingénieux ; quelques femmes de plus font une œuvre éminente d'une froide leçon.

LE CŒUR

Le cœur n'a pas besoin d'être défini : qui sent ce mot le comprend, et tout le monde le sent, car il embrasse toutes les affections qui font de l'homme un fils, un père, un frère, un amant, un mari, un homme.

Pour l'amour filial, ajoutons un seul trait à ce que nous en avons déjà dit [1] : le type d'Antigone n'a pas de pendant parmi les fils.

Pour l'amour maternel, remarquons que toutes les langues anciennes et modernes expriment par un seul mot l'affection du frère ou de la sœur, de l'époux ou de l'épouse, de la fille ou du fils : on dit amour filial, fraternel, conjugal ; mais la tendresse d'une mère pour ses enfants est marquée d'un caractère si personnel que tous les idiomes lui ont consacré un nom particulier : dans le Midi comme dans le Nord, on dit l'amour *maternel* comme l'amour *paternel*. Il faut du reste que ce sentiment ait chez les femmes une énergie bien native, car on le rencontre jusque dans des cœurs d'enfants. Une petite fille âgée de cinq ans, et chargée dans une salle d'asile de veiller sur quelques enfants plus jeunes encore, pleurait devant la di-

---

1. *Histoire morale des femmes,* livre I, *la Fille.*

rectrice ; interrogée sur la cause de ses larmes, elle répondit : *Mes filles ne sont pas sages.* Si c'eût été un garçon, ajouta l'inspectrice qui me racontait ce fait, il aurait dit : « Mes élèves, » et les aurait probablement gourmandés au lieu de pleurer sur eux.

La tendresse conjugale a ses héroïnes, on ne connaît pas ses héros. Quels modèles les hommes peuvent-ils opposer à Alceste, à Éponine, à Mme de Lavalette ? Cet amour est même si naturel au cœur des femmes que, fût-il éteint par une autre passion, il se réveille souvent si le mari court un danger. On voit des femmes infidèles s'établir au chevet de l'époux malade et trompé, lui consacrer leurs jours, leurs nuits, et négliger celui qu'elles aiment et qui ne souffre pas, pour celui qu'elles n'aiment plus et qui souffre. Un mari se battra peut-être pour sa femme, quoiqu'elle lui soit indifférente, mais c'est son orgueil qui la défend, ce n'est pas son cœur.

L'amitié fraternelle, depuis que l'égalité des partages a détruit les rivalités jalouses, offre des modèles également charmants dans le frère et dans la sœur. Selon que l'avantage des années donne à l'un ou l'autre le rôle de protecteur, ce rôle change de caractère sans rien perdre de sa grâce. Le frère protège en chevalier, la sœur protège en mère ; leur amitié a un sexe sans rien avoir des sens.

Quant à la charité, nul n'y dispute la supériorité aux femmes ; elles en ont le génie. Un homme qui

donne ne donne que son or, la femme y joint son
cœur. Un louis aux mains d'une femme bonne soulage plus de pauvres que cent francs aux mains
d'un homme : la charité féminine renouvelle chaque
jour le miracle de la multiplication des pains.

Vient enfin l'amour. Un mot met tout d'abord
un abîme entre l'homme et la femme qui aiment.
L'une dit : « Je suis à toi ; » l'autre : « Elle m'appartient. » C'est la différence de celui qui donne à
celui qui reçoit. Analysons nos amours masculines
d'un œil sévère, nous y trouverons bien des élé-
ments étrangers à l'amour : la vanité, le désir sen-
suel, ne laissent guère à la passion plus d'un quart
de notre âme ; sans compter que dans ce reste
lui-même il y a toujours une place pour les rêves
de gloire ou d'ambition. L'artiste, le savant, le
spéculateur, restent tels en devenant amants ; c'est
près de la femme aimée qu'ils vont pleurer leurs
défaites ou s'enorgueillir de leurs triomphes, mais
ils s'en enorgueillissent ou les pleurent. La femme
qui aime ne peut qu'aimer. Molière a trouvé deux
combinaisons de génie dans Harpagon : il l'a
peint amoureux quoique avare ; il l'a laissé avare
quoique amoureux. S'il eût choisi pour type une
femme, il eût forcément fait tomber l'avarice devant l'amour. L'amour, en effet, prend si profondément racine dans l'âme des femmes qu'il la remplit tout entière et même la régénère. Qu'une
femme coquette aime, plus de coquetterie ; qu'une

femme légère aime, plus de légèreté ! On a vu des
femmes flétries par mille désordres retrouver tout
à coup, dans une passion profonde, jusqu'à la pudeur, jusqu'aux délicatesses de l'affection.

LA FEMME DANS LA FAMILLE

Le titre saint de mère de famille n'a longtemps
représenté que des idées de dévouement et de tendresse. Une des œuvres de notre temps sera, je le
crois, de faire voir qu'être mère et épouse, ce n'est
pas seulement aimer, c'est travailler. La maternité
est une carrière, une carrière à la fois publique et
privée ; le mariage, une profession avec toutes ses
espérances et toutes ses occupations. Pour la maternité, qui le contesterait ? le seul mot d'éducation maternelle dit tout. Niera-t-on qu'une jeune
fille ait à peine assez de toute sa jeunesse, et une
femme de toute sa vie, l'une pour se préparer aux
fonctions d'éducatrice, l'autre pour les remplir ?
Dire à une femme : « Vous élèverez vos fils et vos
filles, » n'est-ce pas lui permettre, n'est-ce pas lui
imposer l'acquisition de toutes les sciences, et du
même coup lui en donner l'emploi ? Si l'on regarde
le professorat comme une carrière suffisante pour
l'activité d'un homme, que faudra-t-il dire de cette
éducation par la mère, où elle prodigue non seu-

lement tout son esprit, mais son âme même et sa vie? Voyez une mère donner une leçon à son enfant; suivez sa physionomie, écoutez l'accent de sa voix, et comparez, si vous le pouvez, tout ce qu'elle dépense d'énergie et de vitalité dans une heure, avec l'indifférent travail du professeur payé[1]. Si l'enfant réussit, ses yeux se mouillent; son cœur se serre s'il échoue. Espoir, découragement, anxiété, tout ce qui constitue les passions se rencontre pour elle dans cette occupation. Penchée sur le papier de l'enfant quand il écrit, suspendue à ses lèvres quand il répond, elle assiste à sa pensée, elle la presse, elle la fait éclore, elle le crée une seconde fois. Pour le mariage, qu'il devienne ce qu'il doit être, ce qu'il sera, et la femme y trouvera un double emploi de son activité, d'abord dans l'administration de ses biens particuliers, puis dans ce beau rôle même

---

1. Faisons pourtant une remarque utile : l'ardeur même de la mère à instruire sa fille ou son fils est parfois un obstacle à la pleine réussite de l'éducation. Il ne faut pas trop presser les enfants; il ne faut pas trop vouloir qu'ils comprennent trop vite; il ne faut pas avoir d'ambition pour eux. Le professeur payé a un grand avantage, précisément à cause de son indifférence relative, c'est qu'il accepte le temps pour collaborateur; semblable à un sage médecin qui ne veut pas guérir trop vite ses malades pour les bien guérir, il ne s'impatiente pas des lenteurs, il ne s'irrite pas des rechutes. Enfin il est *calme*. Calme! grand mot en éducation! mot qu'ignorent les mères! Mais, en revanche, elles ont le feu sacré. Le professeur comme maître, la mère comme associée, comme répétitrice, comme surveillante, voilà l'alliance féconde et complète.

d'épouse, de compagne. Pour cela, il ne s'agit pas de renouveler les lois, il ne faut qu'approprier au mariage un fait qui lui appartient, et qui ne peut être un bienfait qu'avec lui, un fait ancien, sinon comme le monde, du moins comme la civilisation, et qui prend plus de place sur la terre à mesure que le personnage de la femme s'élève. J'explique ma pensée.

Les hommes tiennent tous les emplois : ils jugent, ils plaident, ils sont poètes, soldats, législateurs, savants; le monde entier roule sur eux seuls. Tel est le fait palpable ; mais, derrière cette réalité visible, il existe parfois une autre réalité secrète qui la détermine ou la modifie. Toutes les paroles éloquentes auxquelles l'orateur doit sa gloire, toutes les actions énergiques qui illustrent les hommes publics, viennent-elles d'eux seuls? ou bien plutôt derrière le grand jour splendide qui les présente à l'admiration de la foule dans tout l'éclat de leur puissance ne se trouve-t-il pas souvent, à demi enveloppé dans l'ombre, un être mystérieux qui mêle, sans que le public l'entende, sa voix à cette voix entraînante, qui communique, sans que le public le voie, sa force d'élan à cette activité sublime? Pour qui observe, cela est hors de doute. Passez en revue par la pensée les hommes éminents qui vous sont connus, et plus d'une fois, en pénétrant dans le secret de leur vie, vous y découvrirez une femme qui a sa part dans leur conduite ; elle est l'inspiration comme eux l'action. Vrai de tout temps, ce fait devient presque une règle depuis que l'éducation des femmes se fortifie. Plus d'une existence virile est double, pour anisi dire, elle représente les deux sexes, et un homme n'est peut-être complètement lui-même qu'avec une femme et par une femme.

Eh bien, le mariage seul peut donner à cette action féminine un caractère de continuité et de pureté. Je ne crois pas à l'influence bienfaisante d'une femme qu'on n'aimait pas hier et qu'on n'aimera plus demain. Sans souvenir et sans espérance, cette affection ne peut pas conseiller ; comme elle sait son peu de durée, elle se hâte de témoigner de son existence par la violence de son empire ; la femme qui l'inspire est une maîtresse et non une compagne. Mais une longue vie parcourue et à parcourir ensemble, la communauté de l'avenir et du passé, les enfants surtout, les enfants à élever, tout dans le mariage communique au pouvoir de la femme un calme et un sérieux qui en font réellement une profession pour elle. Ce qu'il y a de relatif dans cette existence ne fait que l'accommoder plus heureusement à la nature féminine. Vivre pour un autre, se témoigner par un autre, disparaître dans une gloire ou une vertu dont on est le principe, montrer les bienfaits et cacher le bienfaiteur, apprendre pour qu'un autre sache, penser pour qu'un autre parle, chercher la lumière pour qu'un

autre brille, il n'y a pas de plus belle destinée pour
la femme : car tout cela signifie se dévouer. Or
quelle plus noble profession que le dévouement ?
Quel emploi de la vie mieux approprié à toutes les
qualités de la femme ? Cette demi-ombre convient
à sa réserve, cette intermittence d'action à sa faiblesse physique, ces élans momentanés à son
entraînement, cette vigilance à sa finesse, et surtout cette vie de consolatrice à son âme ! Toute
épouse vraiment épouse a pour carrière la carrière
de son mari. Prenons ce savant. C'est un inventeur ;
génie ardent, il tend toujours à l'ensemble des
choses ; son activité féconde, se portant à la fois
sur tous les points de la science, y ouvre, chaque
fois qu'elle y plonge, des percées inconnues.
Quelle gloire ! direz-vous. Oui ; mais parfois aussi
quelle douleur ! La médiocrité aveugle le nie, la
médiocrité clairvoyante l'attaque ; les obtus, qui ne
le comprennent pas, et les envieux, qui le comprennent trop bien, s'accordent pour le reléguer
parmi les fous : de là les moqueries, le désespoir,
le doute de ses propres forces. Il va succomber...
Rassurez-vous, il vivra : car près de lui est une
femme, sa femme, qui l'a deviné et qui lui montre
l'avenir. C'est elle qui le rattache à ses puissants
travaux : « Explique-moi tes pensées, tes projets,
je ne suis qu'ignorance, mais Jésus lui-même ne
dédaignait pas les pauvres d'esprit qui sont riches de
cœur. Parle. » Il commence : ces idées, qui étaient

comme mortes pour lui 'découragé, se raniment à
mesure qu'il les exprime ; la nécessité de faire pénétrer ces sérieuses découvertes dans un esprit
auquel elles sont étrangères encore le force à un
langage plus clair qui les lui éclaircit à lui-même ;
il crée en racontant, et elle, elle grandit en écoutant. L'enthousiasme le saisit, il se rejette dans la
lutte, il triomphe ; et la plus vive joie de sa femme
est de ne pas compter dans cette victoire qu'il n'eût
peut-être pas remportée sans elle.

Comme le savant, que serait l'artiste sans une
femme ? Dieu, qui semble avoir nommé les artistes
ses élus, n'a pas produit de plus malheureuses
créatures. Le sentiment du beau et l'horreur du
laid abondent en tourments qui semblent impos-
sibles à ceux qui ne les éprouvent pas. Cette im-
pressionnabilité si délicate qui s'éveille pour un effet
de lumière, qui s'attendrit pour un mot touchant,
les livre désarmés au contact des rudes réalités de
la vie. Ils sont à l'égard des autres comme des
hommes qui marcheraient pieds nus sur des cailloux, à côté de leurs compagnons armés de fortes
chaussures. Une femme seule a la main assez délicate pour ne pas blesser l'imagination de ces enfants malades. Qu'a-t-il manqué au Tasse? Une
femme. Qu'a-t-il manqué au Camoëns? Une femme.
Gilbert avec une femme ne serait pas mort de désespoir, Malfilâtre ne fût pas mort de faim. Tel
peintre, proclamé maître aujourd'hui, eût vu son

génie s'éteindre dans la misère s'il eût été seul. Regardez-le : l'idéal est son rêve, tout ce 'qui est de la terre lui échappe; il faut vivre cependant : sa femme se charge de penser à tout ce qu'il oublie. Lui laissant ses sublimes rêves, l'ardente poursuite du beau, le commerce ininterrompu avec le travail, elle prend pour elle les soins matériels, l'existence de chaque jour à organiser, les enfants à instruire. Assise à la porte de cet atelier qu'elle respecte comme un sanctuaire, elle fait faire silence alentour ; elle veille pour qu'aucun bruit du monde n'aille troubler le créateur dans sa silencieuse conception; elle s'est réservé tout le côté pénible et prosaïque de la vie, et, sans s'en douter, elle a pris la plus poétique de deux existences : car le dévouement, c'est de la poésie en action.

Si nous laissons les arts pour examiner les charges publiques, quelle noble part pourrait y prendre l'épouse ! Nous voici devant un homme d'État. Je le suppose tel que je le voudrais, ambitieux, mais ambitieux par conscience de sa force ; cherchant non le triomphe de sa vanité (c'est le but des petites âmes), mais le triomphe de ses idées, parce qu'il les croit bienfaitrices. Il arrive au pouvoir ; il est représentant, ministre même. Tous ses desseins sont purs encore, mais l'atmosphère qui l'environne est funeste : autour de lui rôdent le scepticisme sous le nom d'expérience, le despotisme sous le masque de la nécessité; son orgueil, l'exemple, le maniement de ce pouvoir qu'on touche si rarement avec impunité, tout l'entraîne à substituer insensiblement l'intérêt de sa personne à l'intérêt de tous. Qui le soutiendra dans ce sentier difficile? Un seul être le peut faire, une femme; une seule femme, la sienne. L'œil fixé sur ce rôle idéal qu'elle a depuis si longtemps rêvé pour lui, elle s'aperçoit de la plus légère tache qui vient le déparer. Isolée de l'action, et par conséquent juge plus calme, elle ne se laisse pas dériver aux insensibles changements qu'amène un jour succédant à un jour. Deux points seuls la frappent, le point de départ et le point d'arrivée. Si son mari veut faire une chose blâmable, aussitôt elle jette le cri d'alarme; pas de sophismes qui la puissent tromper, car, Dieu merci! la femme n'argumente pas, elle sent. Qu'il amasse raisons sur raisons pour lui prouver la justice de sa détermination, qu'il la lui prouve même, elle ne l'entend pas; son cœur lui crie qu'il a tort, elle ne connaît que ce cri, et, soutenue par ses défauts mêmes, l'irréflexion et l'amour de ce qui est excessif, elle le sauve d'un commencement d'erreur qui serait peut-être devenu sa perte.

Élevées à cette juste hauteur, les fonctions de l'épouse et de la mère nous présentent un des plus nobles emplois de la vie, et la conscience publique doit les proclamer souveraines. Un autre titre investit la femme d'une réelle royauté, c'est le titre de maîtresse de maison, disons mieux, de femme de ménage. De la femme de ménage dépendent la prospérité intérieure, la santé des enfants, le bien-être du mari. Elle s'occupe du beau comme du bon, car l'arrangement de sa demeure est comme une œuvre d'art qu'elle crée et renouvelle chaque jour. La bonne femme de ménage a besoin de toutes les qualités féminines : l'ordre, la finesse, la bonté, la vigilance, la douceur. Elle répare les fortunes ébranlées, elle sait transformer l'aisance en richesse, le strict nécessaire en aisance. Elle gouverne enfin, elle gouverne pour sauver, et son empire est plus réel que celui des ministres et des rois. Un roi, si habile qu'il soit, peut-il faire que ce qu'on appelle son royaume demeure à l'abri des intempéries du ciel ; que la pluie, la grêle, la guerre, ne viennent pas ravager ses routes et ses moissons ? Un roi a-t-il quelque autorité sur les âmes ? Peut-il commander à ses sujets de parler, de se taire ? Êtres et choses, tout lui échappe. La femme de ménage, au contraire, tient dans sa main, pour ainsi dire, chacun des habitants qui animent et chacun des objets qui composent son petit empire. Elle exile de sa maison les paroles grossières, les actes violents ; elle améliore ses serviteurs comme ses enfants, et nul n'est frappé d'une souffrance qu'elle ne puisse aller à son aide. Par elle, les meubles sont toujours propres, le linge toujours blanc. Son esprit remplit cette demeure, la façonne à son gré ; et rien ne manque à ce gouvernement domestique, pas même le charme idéal.

Les anciens sentaient et exprimaient admirablement cette poésie domestique. L'*Odyssée* ne nous charme jamais davantage que quand elle nous offre, dans Nausicaa et dans Pénélope, la princesse unie à la femme de ménage ; et Xénophon n'a rien écrit de plus exquis que le tableau des joies de la jeune mère de famille. Du reste, ce nom de mère de famille, qui signifie à la fois épouse, mère, maîtresse de maison, a une autorité si réelle qu'on le retrouve entouré d'une auréole de respect et d'amour jusqu'au fond des cœurs qui en ont, ce semble, le plus méconnu la sainteté.

TABLE

Imprimé par D. Jouaust

POUR LA

BIBLIOTHÈQUE DES DAMES

AVRIL 1881

www.ingramcontent.com/pod-product-compliance
Lightning Source LLC
Chambersburg PA
CBHW051151260626
47170CB00005B/2059